結び豆腐

小料理のどか屋 人情帖3

倉阪鬼一郎

時代小説

二見時代小説文庫

JN264522

目　次

結び豆腐——小料理のどか屋 人情帖3

第一話　思い出の一皿

一

「こりゃまた景色だねえ。白が三色《みいろ》に見える」

季川《きせん》がそう言って、刺し身の皿を指さした。

神田三河町《かんだみかわちょう》の小料理のどか屋には、檜《ひのき》の一枚板の席がある。あるじの時吉《ときき ち》がつくった料理の出来端《できばな》を、ここならすぐ食べることができる。おかげで常連は、小上がりの座敷、土間の茣蓙《ござ》や長床几《しょうぎ》、それに一つだけある二階の間といったところではなく、料理人の顔が見えるこの席に腰を下ろすことが多かった。渋い柿色の十徳《じっとく》を好んで身にまとう隠居の大橋《おおはし》季川もその一人だ。

「白はともかくとして、ほかの色がちと寂しいような気もするんですが」

時吉は少し首をひねった。

思うところと事情《いきさつ》があり、時吉は刀を包丁に持ち替えて料理人の修業を積んだ。皿を上から出すな、という師匠の長吉《ちょうきち》の教えをかたく守り、日々研鑽《けんさん》につとめている。

舌の肥えた年配の客の言葉は、なによりの勉強になった。

「いや、鯛の赤みがあるじゃないか。山葵《わさび》の青みもある。なにより、皿にうっすらと青い釉薬《うわぐすり》がかかってる。わたしはこれでいいと思うがねえ」

季川は笑みを浮かべて、刺し身の皿に箸を伸ばした。

舟形をやんわりと崩した皿の上には、角《かく》づくりの鯛と一文字づくりのさよりが載っている。角づくりは宝船を思わせる反《そ》り方で、皮の部分は赤い。

一方、巧みに開かれたさよりは長い。それだけでも目を楽しませる盛り方だが、あいだにさりげなくあしらいとして置かれた四角い大根が、うまく流れをつくっていた。

鯛、大根、さより——濃淡とつやの違う三色の白が皿の上で流れていく。これに山葵の青みが加わり、全体の白をぐっと引き締めていた。

ただ、時吉としては、何かが足りないような気がしていた。

白はこれでよいとして、それを引き立てる色が鯛の赤と山葵の青だけでは、いくらか寂しいように思われる。

「鰹の銀皮も合わせようかと思ったんですが」

「ああ、なるほど。銀も白を引き立てるかもしれないね」

「ただ、銀皮造りはそれだけで押したほうが景色になるだろうとおちよさんに言われまして」

時吉は座敷でお酌をしている娘のほうを見た。

師匠の長吉の娘で、のどか屋を開いたときからほぼ住みこみで手伝ってもらっている。季川を師と仰ぐ俳人でもあるから、のどか屋の壁にはおちよの俳句の短冊がいくつか貼ってあった。

今日はなじみの大工の親方に祝いごとがあるらしく、さきほどからいい調子に盃が巡っている。おちよはそちらのほうの応対で忙しくしていた。

「たしかに、銀は銀でそろったほうがいいかもしれない。むずかしいね。ま、食ってうまけりゃ景色は二の次でもいいんだが。……お、こいつもなかなか」

さよりの刺し身を口に運び、季川は表情を崩した。

客のほうも料理人の包丁さばきをじかに見られるし、出来端を食べることができるが、一枚板の席は作り手にとってもなにかと勝手がよかった。

いまの隠居のように、いかにもうまそうな顔を見るのは料理人冥利《みょうり》に尽きる。この顔を見たいがために、いろいろと思案をして料理をつくっている。頭の中で絵図面を引き、前の晩、ときにはもっと前から入念に仕込みをして一皿、一椀をていねいに仕上げていく。

しかし、出した料理が口に合わなければ、すぐ顔色で分かる。一枚板の席は、刀を包丁に持ち替えた時吉にとっては真剣勝負の場とも言えた。

そんな時吉にとって、季川の表情はとてもありがたかったが、気になるのはもう一人の客だった。

隠居といくらか間を置いて座っているのは、桶師《おけし》の寅助《とらすけ》だった。親方や朋輩《ほうばい》とともに何度か来てくれたことがあるが、そのときはもっぱら小上がりの座敷で、一枚板の席に座るのはこれが初めてになる。ちょうど座敷がふさがっていたから、こちらへとすすめたのだが、勝手が違うのか、それとも刺し身が口に合わないのか、首をわずかにかしげて何か思案深げな顔つきだった。

「白か……」

寅助はそう独《ひと》りごち、刺し身を醤油《したじ》にたっぷりつけて口中《こうちゅう》に投じた。

「白がどうかしなすったんです？　いまの色の話に、名案でもおありですかな」

隠居が柔和な顔つきでたずねた。

「い、いや、そういうことでは……ただ、ちょいと」

寅助はややあいまいな表情になった。

「刺し身はお口に合いませんでしょうか。なんなりと申し付けていただければ」

時吉は言った。

「いや、刺し身は申し分ないんですが、その、思い出しちまったことがありましてね」

「これかい？」

季川がひょいと小指を立てた。

「そうじゃないんで。おいらの父親の声が、いまの刺し身の白の話を聞いて、だしぬけによみがえってきたんでさ」

「ほう」

「妙なもんですね。そんなこと、ずっと忘れてたのに。ちっちゃいころに生き別れたきり、ずっと会ってねえおとっつぁんの声が、ついそこでしゃべったみたいに聞こえてきたんでさ」

寅助は、職人の誇りの胼胝《たこ》のある節くれた手をちらりと耳にやった。

「ほほう、生き別れたおとっつぁんの……ちょいといいかい」

季川は軽く断って、いくらかひざを詰めた。一人分空いていたところが近くなった。

「で、おとっつぁんはどんなことを言ってたんだい？」

「なにぶん、おいらが物心つくかどうかっていう昔の話です。はっきりしたことじゃなくて、ずいぶんとかすみがかかってるんですが」

そう前置きしてから、寅助は勘どころに入った。「たしか、おとっつぁんはこう言ったんです。『刺し身の皿は、白くなきゃいけねえ』って」

「白くなきゃいけねえ、と」

時吉は復唱した。

「そのとおりかどうかは、どうもはっきりしないんですが、刺し身の白の話を聞いて、それまで隠れてたものがぽんと頭に浮かんできた次第で」

寅助は職人らしい細みのまげに手をやった。

まだ独り者だが、親方の二の腕として重宝がられている。桶づくりの腕は折り紙つきで、のどか屋に納められた米研ぎ桶や漬物桶、それに飯櫃《めしびつ》や蓋付きの岡持ちなども、いたって使い勝手がよかった。

「これみたいに、青い釉薬がかかってたらいけないっていう話かねえ」

季川がけげんそうな顔つきで指さした。

「いえ、盛る皿の話かどうかは分からねえんです」

寅助はやおら腕組みをした。「どこか……そう、ちゃんとした料理屋みたいなところでした。座敷があって、おとっつぁんとおっかさんとおいらがいたような気がします。てことは、まだ夫婦《めおと》別れはしてなかったころでさ」

「ほう、夫婦別れをしなすったと」

「ええ。おっかさんはおいらが桶屋の親方のとこへ弟子入りして間もないころにはやり病で亡くなっちまいましたが、あんまりおとっつぁんのことはしゃべりたがりませんでした。そのせいで、いまだにおとっつぁんの名前も知りません。どこで何をしてたのか、いま生きてるのかどうか、これっぽっちも知らないんでさ」

「夫婦別れのせいで、あんまりしゃべりたがらなかったんだろうかねえ」

と、隠居。

「そうだと思います。おっかさん、右の耳が聞こえづらくて困ってたんですが、そいつはおとっつぁんにひどく殴られたせいらしくて」

「まあ」

いつの間にか厨《くりや》に戻ってきたおちよが眉をひそめた。

「砕き豆腐の大皿を追加で。それと、お銚子を二本」

時吉に座敷の注文を通す。

「はい、承知」

大工衆のささやかな祝いごとだ。なるたけかかりを抑えた品が出る。砕き豆腐も、豆腐と小松菜と醬油があればただちにできる料理だった。

「ちょいとおちよさんの知恵も借りよう。こちらの寅助さんのおとっつぁんは、どこぞかの料理屋の座敷で、『刺し身の皿は、白くなきゃいけねえ』と言ったらしい。血をわけた、名前も知らない父親の手がかりといえば、それだけ……でよござんすね？」

「へい。でも、おとっつぁんをどうあっても探そうっていうわけじゃ……」

寅助はあいまいな顔つきになった。

「会えるものなら、お会いなさいさ。たった一人のおとっつぁんなんだから。ま、しかし、そこへ至るまでの道筋が、ちと難儀そうだがね」

季川はそう言って、猪口《ちょく》を口に運んだ。

「なかなかの判じ物ですね」

小松菜を細かく刻みながら、時吉は言った。

「そのお刺し身、寅助さんも召し上がったんですか？」

おちよが訊く。

「たぶん……食ったと思います」

「白身のお刺し身だったとか」

「ああ、なるほど。皿が白いんじゃなくて、中身が白かったわけか」

隠居がはたりとひざを打った。

「いや、そこまではとても。刺し身がうまかったことは、ぼんやりと覚えてるんですが。それより前に何を食ってたかは思い出せないので、初めの一皿って言うか……」

「思い出の一皿」

おちよがすかさず受けて、燗酒を盆に載せた。

「そうです……思い出の一皿」

感慨深げな表情で、寅助は繰り返した。

「なるほど、失せ物探しですな。普通は形のある失せ物を探すんですが、こたびはちと趣《おもむき》が違う。寅助さんの思い出の一皿を探すんです」

季川がうまいことを言った。

「いまのところ、判じ物の手がかりは『刺し身の皿は、白くなきゃいけねえ』という言葉だけですか」

時吉は豆腐を取り出した。さまざまな料理に変わるから、あらかじめ圧《お》しをして水気を抜いてある。

熱した鍋に胡麻油を多めに敷き、豆腐をつかみ崩して入れて刻んだ小松菜を混ぜる。味付けは醤油と黒胡椒だけでいい。鍋を振ると、たちどころに砕き豆腐ができあがった。素朴だが、飽きのこない味だ。飯に乗せてもうまい。

「へい、お待ち」

「知恵を出し合ったら、おいおい手がかかりが増えていきますよ」

おちよは笑みを浮かべて皿を受け取った。熱いうちに座敷に運ぶ。

「だといいんですが。……おいら、何の刺し身を食ったのかなあ」

寅助はやや遠い目になった。

「それで季の察しがつきましょう」

「いまお出しした鯛やさよりだと、ちと分かりかねますが」

「どうあってもこの季と決まったわけじゃないからね」

「いや、白身だけじゃなかったような気も……」

寅助は腕組みをし、懸命に思い出そうとしていた。

「なにぶん、むかしの話だからね。わたしなんぞ、どうかすると昨日食ったものまで忘れちまうよ。先月のものを思い出せって言われたらお手上げだ」

「でも、ご隠居さん。おいらのは『思い出の一皿』で、『刺し身の皿は、白くなきゃいけねえ』っていうおとっつぁんの言葉までくっきりと憶えてるんでさ。ただ、『白くなきゃいけねえ』のが刺し身を盛る皿なのか、皿の中身なのか、それとも……」

「つまってことはないかい？　普通は赤身の刺し身には大根の白いつまなんぞを付けるが、青物ばっかりだったとか」

「さあ、そこまでは」

「その料理屋さんじゃ、凝った色の剣《けん》をあしらってたんでしょうか」

時吉は首をひねった。

分け方は人によるが、細く切った剣、添え物のつま、それに辛みを合わせてあしらいと称することが多い。剣だけでも、多くの素材が用いられている。大根の白ばかりでなく、人参の赤、南瓜《かぼちゃ》の黄、海髪《うご》の濃緑、胡瓜《きゅうり》の浅緑など、とりどりの色があった。

「そもそも、どこの料理屋だったんだい？　そのあたりから、おとっつぁんの消息の察しがつくかもしれないよ」

季川が言った。

「さあ……そこんとこが、すぽっと抜けてましして」

　また寅助はまげに手をやった。

「両国の川開きのときの料理屋だったりしたら、憶えてるかもしれないがね」

「そんな華のある時分じゃなかったような気がします。もっと沈んだ、あたりまえの感じで」

「なら、夫婦別れをしなさるときかねえ。料理屋であらたまって三行半《みくだりはん》をっていう場ごしらえも、あながち世間にゃないわけじゃない」

「夫婦別れは……もうちょっとあとだったような気もするんでさ。あっ、そうだ」

「何か思い出したかい」

「へい。おとっつぁんに肩ぐるまをしてもらって、お不動さんの縁日へ行ったことを思い出しました。いままでそんなことまるっきり忘れてたのに……」

　寅助はしんみりとした顔つきになった。

「もっと思い出すといいですね。おとっつぁんのことを」

　時吉が言うと、桶作りの職人は無言でうなずいた。

二

「なるほど、さすがはご隠居」

おちよがそう言って持ち上げた。

ご隠居と言っても、今日の一枚板の席に座っているのは俳人の季川ではない。竜《りゅう》閑町《かんちょう》の醤油酢問屋の安房屋《あわや》の隠居で、名を辰蔵《たつぞう》という。身代はせがれに譲ったが、まだ足腰はしっかりしており、関八州《かんはっしゅう》の醤油酢廻りと称して醸造元などをたずね歩いたりしている。

大橋季川、安房屋辰蔵、それに薬膳の心得がある本道《ほんどう》の医者・青葉清斎《あおばせいさい》を加えると、のどか屋を盛り立てる三羽烏になる。時吉とおちよは、折にふれてその三人の知恵を拝借していた。

で、例の寅助の「思い出の一皿」の話を辰蔵にしてみたところ、餅は餅屋と言うべきか、この御仁ならではの知恵を出してくれた。それを受けて、いまおちよが持ち上げたところだ。

「いや、あてずっぽうかもしれないよ。思いついたことを口にしただけだから」

まんざらでもなさそうな顔で、辰蔵は言った。

「ご隠居の勘にまさるものはないでしょう。なんだか、そんな気がしてきました」

「そうかい。でも、たしかめるのはちいとばかし骨だよ、時さん」

「そうですねえ。いずれ、わたしの師匠にも聞いてみますが」

時雨《しぐれ》玉子の下ごしらえをしながら、時吉は答えた。

溶き玉子に蛤《はまぐり》の身をたたいて混ぜる。そのときに出た塩気のある汁も入れる。これが味の勘どころだ。

蛤から汁があまり出なかったときは、酒と水を足して使う。そのあたりの微妙なさじ加減が腕の見せどころだった。

味が決まったら彩りに木の芽も混ぜて蒸す。竹串を刺して蒸し加減をたしかめると、潮の香りがえもいわれぬ時雨玉子のできあがりだ。

「師匠ってのは、ありがたいもんだね。わたしも先代が師匠みたいなもんだ」

手酌で呑みながら、辰蔵が言った。

「はい。師匠には一から教えていただきましたから」

「おかげで、ときどきおとっつぁんと同じことを言いますよ、時吉さん」

おちよが笑う。

「寅助さんもいい親方について、ひとかどの桶師におなりなすったわけだが、おとっつぁんから何か物を教わりたかったかもしれないね」

　隠居がしみじみと言った。

「どこで何をなさっていたのか、なりわいは何だったか、皆目《かいもく》分からないんですものね」

「ま、ふとしたことでまた思い出すかもしれないやね」

「だといいんですが」

　そんなやり取りをしているうちに、時雨玉子がほどよく蒸しあがった。

　食べやすいように大ぶりの竹の匙ですくい、器に盛って出す。

「はい、お待ち」

　湯気の立っているものを、一枚板の客に出す。

「おお、ありがたいね」

　辰蔵はさっそく口に運んだ。

　ややあって、その顔がやんわりと崩れた。

「蛤も、さぞや喜んでるだろうよ」

「それはどうでしょう。成仏《じょうぶつ》してくれるといいんですが」

時吉は軽く両手を合わせた。

「成仏したさ。少なくとも、食ってるこちらは……」

気を持たせてまたひと口ほお張ってから、隠居は続けた。

「極楽だよ」


次の休みの日――。

時吉は浅草の福井町《ふくいちょう》にある師匠の見世を訪ねた。

その名は、長吉屋。弟子にはみな「吉」の一字が与えられる。

時分どきを外したつもりだったのだが、今日は婚礼の仕出しも入っており、厨は大忙しだった。

「おう、時吉か。いいところに来たな。手を貸せ」

豆絞りの料理人は、有無を言わせぬ口調で言った。

師匠の命《めい》とあらば、嫌とは言えない。ここで物をたずねたら、浅草をそぞろ歩いてほかの見世を回り、奥山で大道芸でも見て帰る腹づもりだったのだが、すっかり仕事になってしまった。

鰹を湯引きし、鯛を活き造りにする。ほかの弟子たちとともに、時吉はひとしきり厨の中でせわしなく手を動かした。

「悪かったな、せっかくの休みによ」

やっとひと息ついたところで、師匠から声をかけられた。

「今日はちょっとうかがいたいことがありまして」

「なんだ、先に言え」

「いまお客さんの失せ物探しをやってるんです。と言ってもはっきりした物じゃなくて、『思い出の一皿』を探してるんですが」

時吉はかいつまんで子細を述べた。安房屋辰蔵が出した知恵も伝えておいた。

「なるほど、な」

年季を積んできた初老の料理人は腕組みをした。「父親との思い出らしい思い出ってのは、その刺し身の白い皿だけか。ちと哀しい話だな」

「はい。おとっつぁんはどこでどうしているのか、さっぱり分からないそうです。名前すら知らないらしくて」

「おっかさんも死んじまってるとなると、探すのは骨だな」

「『刺し身の皿は、白くなきゃならねえ』という言葉だけが手がかりで」

「そっくりそのまま動かないわけか、おとっつぁんの言葉は」

「いえ、何かあいだが抜けてるかもしれません」

「そうだろう。だとすりゃ、醬油酢問屋のご隠居が言ったのが図星かもしんねえな。……お、待てよ」

長吉は腕組みを解き、右手であごをなでた。

「何か思い当たることでも?」

「いまちょいと何かひらめきかけたんだが……うーん、網にかかりそうで掛からなかったな。魚が逃げちまった。歳をとると、これだから困る」

料理人は笑みを浮かべた。ふだんの顔はこわいが、笑うと目尻にしわがいくつも寄ってにわかに和らぐ。

「そのうち思い出すでしょう、師匠」

「そうだな。ま、とにかく、ご隠居の勘を信じて、そのとおりのものをお出ししてみるこったな」

「ああ、なるほど。『刺し身の白い皿』をお出しするわけですね」

「そうだ。舌が思い出すかもしれないいじゃないか。遠い昔の……おとっつぁんの思い出をな」

「はい」

「一つ思い出せば、えてして数珠繋《じゅずつな》ぎに出てきたりするもんだ。耳はもう思い出してる。舌が思い出せば、目も思い出す。忘れてたおとっつぁんの顔が、ふっと浮かんでくるかもしれないぜ。そいつを思い出させてやれ、時吉」

「分かりました」

身の引き締まる思いで、時吉は答えた。

その後はしばらく刺し身の話が続いた。

同じ魚の刺し身でも千変万化する。切り方によって味が違ってくるし、盛り方でも栄《は》えぶりが異なる。なるたけその季に合った景色を出さなければならない。

むかしといちばん違うのは、たれだ。いまのように醤油《したじ》が出回っていなかったころは、煎酒《いりざけ》を使うのがもっぱらだった。ひと口に煎酒といっても、梅干しのほかに何を加えるかでずいぶんと味が変わる。そもそもの酒が辛口か甘口かでも、できあがりが違う。

同じ魚でも、切り方、盛り方、たれ、さらに、あしらい。組み合わせは山ほどある。そのなかから、動かぬものとは言わないまでも、それに近いものをお出しするのが料理人の腕だ、せいぜい励みな、と最後は師匠の説教になった。

「では、今日はこの辺で」

頃合いを見て、時吉は暇《いとま》を告げた。

「おう。さっき逃がした魚が網に掛かったら、若いのを走らせるからな」

長吉の目尻に、またいくつもしわが寄った。

三

仕込みはしておいたのに、桶作りの仕事が忙しいと見え、寅助はなかなかのどか屋に姿を現さなかった。

ようやく姿を見せたときは、親方と一緒だった。小上がりの座敷だから、話をするには遠い。

梅雨寒《つゆざむ》の日で、妙にあたたかいものが恋しい夕方だった。親方と寅助は煮奴を頼んだ。

「お刺し身、すすめてきましょうか」

おちよが小声でたずねた。

一枚板の席はあいにく埋まっている。これもありがたい常連で、きっぷのいい地元の職人衆だった。夏の祭りの話でひとしきり盛り上がっている。時吉も成り行きで神輿《みこし》担ぎをやらされそうな雲行きになってきた。

「ええ、頼みます。二人なら、お代は」

時吉も声をひそめて答えた。

あまりはっきり言えば、目の前の職人衆も黙ってはいまい。われもわれもと手を挙げられ、ただで刺し身をふるまっていたら、すっかり足が出てしまう。

しばらく一枚板の客の相手をしていると、おちよが戻ってきて耳打ちをした。

初めは刺し身と聞いて、「かかりになるから、ちょいと」と手を振った親方だが、ただだと聞いてたちまち掌《たなごころ》を返した。思ったとおりだ。

時吉は今日江戸前の海で揚がった魚を見繕い、刺し身をつくりだした。さほど凝ったものではない、つまり、どんな料理屋でも出そうな刺し身の皿だ。白身の魚ばかりではない。赤身もある。

盛り付ける皿も、いたって曲《きょく》のないものだった。のどか屋では、笠間《かさま》の素焼きなど、素朴な味わいの皿を好んで出している。寅助に出す皿も、とりたてて派手やかなものではなかった。

しかも、白くなかった。思い出の一皿なのに、皿も中身も白くないのは、なかなかにいぶかしいことだった。

「お座敷、刺し身お待ち」

「はい」

おちよの手に渡る。

「小皿はわたしが」

目配せをすると、時吉は慎重に手を動かした。

「お待たせいたしました」

おちよが刺し身を先に運んだ。

「ありがとよ」

親方が受け取る。

「たれでございます」

時吉は小皿を二つ置いた。

「こいつは……」

寅助の顔つきが変わった。

すかさず、時吉は言った。

「これが『思い出の一皿』なのでは?」

小皿は底が透けて見えた。

その刺し身のたれは白かった。

「そうかもしれねえ」

だしぬけに雷に打たれたような顔で、寅助は答えた。

「醬油《したじ》じゃねえのかい」

親方がいぶかしそうに言った。

「三河《みかわ》の白醬油でございます。それに、同量の煎酒を交ぜてたれにいたしますと、どんな魚の刺し身もまろやかに食べることができます」

「へえ、そいつは初耳だ。さっそくいただくぜ」

桶師の親方は、白いたれに刺し身をつけて口中《こうちゅう》に投じた。

「なるほど」

咀嚼《そしゃく》するなり言う。

「いかがで？」

「うめえ……ただ、ちと甘《あめ》えかもしんねえな」

「さようですか」

「いや、こいつぁ好みだ。酒にも甘い辛いがあらあな。そいつとおんなじよ。このたれは、酒で言やあ、さしずめまろっとした甘口だろう。おれは醬油に山葵を溶いたしゃきっとした辛口のほうが好みだが、こっちのほうがいいっていうやつも多かろうよ。これなら、魚が得手じゃないわらべだって食えらあ。……お、寅、おめえも食え」

「へい」

いきさつを知らない親方からすすめられた寅助は、赤身の刺し身を選んで白いたれにつけた。

「うめえ」

何度か目をしばたたかせる。

そして、口調を少し改めて言った。

「刺し身のたれは、白くなきゃならねえ」

抜けていた言葉が、長い時を経てようやく補われた。

安房屋辰蔵はさすがに醬油酢問屋の隠居だ。

「白くなきゃいけねえのは、刺し身でも皿でもあしらいでもなく、小皿のたれだったのでは？」

そんな思いも寄らぬ知恵を出してくれた。どうやらそれが図星だったようだ。

「何かほかにも思い出しましたか？」

おちよがたずねた。

「うーん、このへんまで出かかってるんですが」

　寅助は喉元に手をやった。

「なんの話だい、いったい」

　腑に落ちぬ顔で、親方が問う。

　ここで一枚板の席から声がかかった。何を油を売っている。祭りの話の続きだ。酒がないぞ、とかまびすしい。

「はい、ただいま」

　寅助が何を思い出そうとしているのか気になったが、時吉は厨に戻った。おちよもべつの客の注文を聞いている。ひとまず中入りとなった。

　祭りの段取りがまとまり、銚子がすべて空になったところで、職人衆はいい機嫌で見世を出ていった。

　波が引いた。

　座敷では、寅助と親方がいくぶん前かがみになって話しこんでいる。その様子が気にかかった。

「料理屋さんのことを思い出したみたいですよ」

　一枚板の片付けをしながら、おちよが小声で言った。どうやら聞き耳を立てていたらしい。

「どこの、でしょう」

「さあ、そこまでは」

ほどなく、銚子のお代わりの注文が来た。客はだんだんに減り、のれんをしまう時分が近づいている。時吉とおちよは目配せをしてから座敷に向かった。

「親方に、あらかたしゃべっちまいました」

いくらかさっぱりした顔で、寅助は言った。

「いままでおとっつぁんのことなんぞ聞いたことがなかったんだが、そういったいきさつがあったんだな」

と、情のこもった声で親方。

「で、何か思い出しましたか？」

時吉が水を向けた。

「へい、料理屋のことを」

「場所ですか」

「そいつはまだ思い出せねえんで」

「見世の名前ですか？」

今度はおちよがたずねた。

「それも霞《かすみ》の中で」

「なかなかにむずかしい判じ物でござんすよ」

すべてを聞いているらしい親方が、気を持たせるような言い方をした。

「料理屋の場所や名前を思い出したわけじゃない。となると……」

時吉は腕組みをした。

「おとっつぁんと刺し身を食べたのは、どこかの料理屋で間違いないんですね？」

「ええ。ただ、細かいことを言うと、おとっつぁんと食べたわけじゃねえんで」

「だって、お父さんが『刺し身のたれは白くなきゃいけねえ』って言ったんでしょ？」

おちよは狐につままれたような顔つきになった。

「へい。実はこういうわけで……」

寅助が思い出したことを告げると、時吉もおちよも得心のいった表情になった。

それは、小皿と同じく、二人がまったく考えもしなかった真相だった。

四

次の休みの日、時吉は鎌倉河岸を歩いていた。

川の水はようやくかさが減り、人々の顔にも笑みが戻った。幸い、ここいらは大過がなかったが、急な出水で大川筋は大変なことになった。新大橋は半ばくぼみ、両国橋もあわやというところだった。水の勢いは恐ろしい。

雨は上がったものの、雲はまだ重く垂れこめていた。まったく天は気まぐれだ。四月から五月にかけてはずっと旱《ひでり》だったのに、手のひらを返したように雨が降りつづいた。そんな下地があったところへ、だしぬけに勢いよく降ったものだから、あっと言う間に出水になった。

だが、ひとたび水が引くと、相も変わらぬ江戸の暮らしだった。鎌倉河岸では、田楽と酒で名が響く豊島屋《としまや》に人だかりができていた。田楽なら、のどか屋の仕入れ先にいい豆腐屋があるから太刀打ちできるかもしれないが、豊島屋はもともとが酒屋だ。そちらのほうは、とてもかないそうになかった。

よろずにそんな調子で、休みの日、時吉はほかの見世を回ることにしている。目で見、舌で味わうのも料理人の修業のうちだ。

かつては、笠で面体《めんてい》を包んでひそかに歩を進めていた。顔には自ら焼いたやけどの跡がある。大和梨川《やまとなしがわ》藩士・磯貝徳右衛門《いそがいとくえもん》であることをひた隠しにしようとしていたからだ。

紆余曲折《うよきょくせつ》はあったが、その後、藩から追われることはなくなった。かつての同僚である藩士のなかには、のどか屋の常連になってくれた者もいる。

よって、面体を隠すこともなく、さまざまな町の見世を回っているのだが、まったく危難が去ったわけではなかった。磯貝徳右衛門の勇気ある行動により、誅《ちゅう》されてしまった有泉《ありいずみ》一族の残党は、藩と時吉に意趣を含んで虎視眈々《こしたんたん》と機をうかがっていると聞く。かつてのいいなずけだった有泉いねの消息も分からない。

しかし、いつやってくるか分からぬ敵の影を気にしていても仕方がない。刀は捨てた。その代わり、頑丈な樫の棒をのどか屋に置いて、備えだけはしてあった。

ひとわたり河岸づたいを歩くと、時吉はいったん見世に戻ることにした。休みとはいえ、仕込みはある。今日は漬物を一樽仕込むつもりだった。

戻ると、人の気配がした。

長吉屋に帰っていたはずのおちよだ。

「あれ。漬物の仕込みはわたしがやりますよ」

時吉は意外そうな顔つきで言った。

「急いで戻ってきたんです。いい知らせがあったから」

「いい知らせ?」

「ええ。おとっつぁんが思い出したの。お刺し身の白いたれのことを。そんなわけで、『早く時吉に知らせてやれ』と」

おちよは父の声色《こわいろ》を使ってみせた。

「そうですか。で、どういう種明かしだったんです?」

時吉の問いに答えて、おちよは長吉が思い出したことを事細かに告げた。

初めは「刺し身は白くなきゃいけねえ」という父の言葉だけで、まったく雲をつかむような話だったが、少しずつ外堀が埋まってきた。

「まだどこで何をしているか、そこまでは分かってないんですけどね」

「でも、それだけ分かれば重畳《ちょうじょう》です。師匠には弟子がたくさんいる。ほうぼうに網を張っておけば、いずれ寅助さんのおとっつぁんの消息も知れるでしょう」

大根の皮を厚めに剝きながら、時吉は言った。手ごたえがあるのは、包丁を握る手元だけではなかった。

「早く来るといいわね、寅助さん。いい知らせなんだから」

「そうですね。ここで謎を解いてあげたいですね」

時吉はそう言って、一枚板の席を示した。


その機会は、意外に早くやってきた。

二日後の夕方、ふらりと寅助が姿を現したのだ。

「飯は食ってきたので、冷やと何かさっぱりしたものを」

一枚板の席では、季川が酒を呑んでいた。

「失せ物が出てきて、よござんしたね」

刺し身の白いたれの謎解きを時吉から聞いた隠居は、さっそく声をかけた。

「ありがたく存じます。ただ、肝心の大きな失せ物がまだなんで」

「おとっつぁんの消息かい？」

「ええ」

おちよが目配せをした。ちょうどいい頃合いだ。

「その件ですが、ずいぶんと道が開けてきましたよ」

時吉はそう言って、休みに漬けた大根の三つ輪漬けの皿を差し出した。

輪切りにした大根の上に、同じく輪切りの赤唐辛子と柚子《ゆず》を重ねる。輪が三つそろったところで、酒と醬油でさっと煮て漬ける。浅くても深くても、それぞれに味のある漬物だった。

「すると、何か分かったんですかい？」

寅助はわずかに身を乗り出した。

「ええ。まず料理屋の判じ物です」

「ちょっと待った、時さん」

季川が手を挙げた。

「なんでしょう」

「歳をとると、憶えが悪くなってしまってね。ざっといきさつは聞いたけれども、どういう判じ物だったかな？」

「判じ物というほど、こみいった話じゃないんですが、寅助さんが憶えているのは、こうでした。物心つくかつかないかという小さいころ、父親に連れられてどこぞかの料理屋へ行った。その座敷で、『思い出の一皿』になる刺し身を食べた。『刺し身の皿は白くなきゃならねえ』という言葉の謎は解けました。白醬油と煎酒を交ぜてつくる刺し身のたれのほうが白かったんです。で、ここからが新たに開けた道です」

「気を持たせるね」

「相済みません。なにぶん話に段取りがあるもので」

「まあいいや。じっくり聞かせてくれ」

隠居は猪口を置いた。

「わたしの師匠の長吉にその話をしたところ、あとになって、大事なことを思い出してくれました。かつて、刺し身のたれに色のついた醤油を使わないことを自慢していた料理人がいたことを」

「料理人？」

寅助の目に驚きの色が浮かんだ。

「そうです。寅助さんの初めの記憶は、どこぞかの料理屋の座敷でした。それをずっと、おとっつぁんに連れられて行ったとばかり思いこんでいました。実は、そうじゃなかったのではありませんか？　そこはおとっつぁんの料理屋だったのでは？」

「おいらのおとっつぁんが、料理人……」

寅助の顔に驚きの色が浮かんだ。

「そいつは思案のほかだったね」

季川が言った。「で、その料理屋の名前は？」

「柳橋《やなぎばし》の、吉祥屋《きっしょうや》」

どうか思い出してくれ、と力をこめて時吉は告げたが、なにぶんむかしの話だ。しかも、夫婦別れをしているから、寅助は母に連れられて父のもとを幼いころに離れている。にわかには思い出の糸がつながらないようだった。

「柳橋の……」

額に手をやって、寅助は懸命に思い出そうとしていた。

「名前は、吉三《きちぞう》」

そう告げると、ややあって、寅助の表情が変わった。

「吉三……そうだ！　思い出したぞ」

「思い出しました？」

おちよが問う。

「へい。おっかさんが言ってた。『おれは名前が吉三だから吉が向こうからやってくるなんて、とんだ大嘘だったよ』って」

「なら、図星だね」

と、隠居。

「そうか。料理屋へ行ったんじゃなくて、うちが料理屋だったんだ。それで、刺し身を白いたれで食わせるのが自慢だったと。『刺し身のたれは白くなきゃならねえ』と、ほんとは料理人だったおとっつぁんが言ってたと……」

感慨深げな面持ちで、寅助は言った。

「それで、吉三さんのその後は？」

隠居がいくぶん声を落としてたずねた。

「どうも、吉祥屋には吉は来なかったようで」

時吉はぼかして答えた。

「いけなくなっちまったかい」

「はい。それからの足取りはつかめてないんですが」

「見世がいけなくなっちまったから、おっかさんに当たるようになって、とうとう夫婦別れになっちまったんでしょうね。おっかさんは、おいらを守るために家を出ていったんだから」

寅助はそう言って、苦《にが》そうに冷や酒をあおった。

「でも、そのうち分かりますよ。一時《いっとき》は羽振りのよかった料理人なので、顔を覚えてる者も何人かいるだろうという話だったから」

おちよが励ますように言った。

「ここまで平仄《ひょうそく》が合ってきたんだ。最後に大きな失せ物が出るでしょうよ。元気を出しておやんなさい」

隠居が軽く肩をたたいた。

「そうそう。その三つ輪漬けは縁起物です。円《まる》いものが三つもそろってますから」

時吉が皿を示した。

「ふしぎなものですね。吉祥屋の吉三っていう料理人の名前をおとっつぁんが思い出して、あたしが急いで帰ってきたら、時吉さんが吉を三つ重ねたお漬物をつくろうとしてたんですもの」

おちよの大きな目がさらにまるくなった。

「はは。仲のいい証しだよ」

季川が冷やかした。

「なら、おとっつぁんの消息が分かるように、景気づけにいただきます」

寅助がつまみ、口中に投じた。

甘くはないが、滋味のある漬物だ。

「うめえ……ぴりっと辛《かれ》えや」

「どれどれ。一つ、わたしにも」

隠居も箸を伸ばした。

こりっ、と音がする。

「たしかに、いくぶん苦いのがいいやね」

浮世で劫《こう》を経《へ》てきた老人は、顔を上げてこう言い添えた。

「人生みたいでさ」

五

「おう、分かったぜ、時吉」

手際よく田楽の串を打ちながら、長吉が言った。

のどか屋が休みの日、また時吉が長吉屋に顔を見せたところ、打てば響くように師匠が告げた。

「例の、吉三という料理人の消息でしょうか」

「そうだ。うちのお客さんが顔を憶えていた。ずいぶん老けちまったが、ありゃあ柳橋の吉祥屋のあるじに間違いない、と請け合ってくれたぜ」

「それはようございました。で、吉三さんはどこに？」

「それがな、ちいとばかし異なところにいてな」

長吉はあいまいな表情になった。

「異なところ、と言いますと?」

「料理屋だ。柳橋の千草《ちぐさ》っていうわりかた新しい見世だが」

「柳橋の料理屋なら……」

「古巣に戻ったって言っちゃあ、そのとおりなんだがな。……おい、とろとろやってんじゃねえ。仕出しの時ばかりは待ってくれねえぞ」

長吉は弟子を叱りつけた。

「悪いな、時吉。ちいと助《す》けてくれんか」

「承知しました」

どうもそういう巡り合わせらしい。今日も大口の仕出しが入っているらしく、長吉屋はてんてこ舞いの忙しさだった。浅草寺にお参りするのはまた後日にして、時吉は田楽の串打ちを代わった。

その後も何やかやと手伝っているうち時は過ぎ、仕出しも滞《とどこお》りなく終わった。料理屋にやっと凪《なぎ》が来た。

「すまなかったな。で、さっきの話の続きだ」

改めて仕切り直しになった。

「吉三さんは料理人に戻ってるわけですね？　それも、古巣の柳橋の料理屋に」

さすがに、千草という見世を始めたわけではないだろう。それなら、師匠はいま少し違った顔つきをするはずだ。

時吉はそう読みを入れた。

「だとよかったんだがな」

長吉はやや浮かぬ顔で答えた。

「しかし、料理屋につとめているのでは……」

「ああ、そりゃ間違いねえんだ。ただし、もう包丁は握ってない。吉三さんがつとめてるのは、厨じゃねえ。客の上がり口だ」

「すると、下足番？」

「そのとおりよ。いったいどういう料簡なのか分からねえ。食うに困って、仕方なくやってるかもしれないがな」

「一時は羽振りのよかった見世持ちの料理人が、いまや下足番とは」

自分も同じことができるだろうか、と時吉は思った。

体が動くのなら、ほかにもつとめはある。現に見つかってしまったように、むかしの客に見られるかもしれない。それはなかなかに耐えがたいことのように思われた。

「しかも、だんだんに腰が曲がってきたようだ。さぞ大儀だろう。で、その吉三さんだが……」

師匠はいくらか間を置き、言葉を探してから続けた。「いまの落ちぶれた姿があるから、こんなことを言うのはちと忍びねえんだが、むかしの客の話によれば、どうも皿が上から出てたみたいなんだな」

皿を上から出す、下から出す、というのは長吉ならではの言い回しだ。

おれの腕を見ろ。どうだ、食ってみろ、と言わんばかりに上から皿を出してはいけない。腕が甘いのは、修業を積めば直る。人によって早い遅いの差はあるが、まじめにやっていれば、それなりに腕はおのずと上がっていく。

しかし、もともとの料簡が違っていたらどうにもならない。料理の皿は、下から出すものだ。お口に合いますかどうか、どうぞお召し上がりください、と皿を下から出すのが料理人の心得だ。

長吉は弟子たちにくどいほどそう教えていた。

「すると、そのせいで吉祥屋は流行《はや》らなくなっていったと」

「おおかたそうだろうよ。その古手の客の話によれば、客が半可通《はんかつう》なことを言ったら叱り飛ばしたり、おまえに食わせる料理はないから帰れと怒鳴りつけたり、ひと頃はずいぶんと天狗になってたらしいや」

「そんな調子じゃ、流行らなくなるのも無理はないですね」

「ところが、それでも客は入ってたんだ。あるじが好き勝手を言って、ときには客を怒鳴りつける見世の常連だっていうのを妙に鼻にかけるような連中がいたらしくてな。ま、言ってみりゃ、このあるじにしてこの客あり、だ」

「そういう見世だと、常連が増えてくれませんね」

「そのとおりよ。もそっと早く間違いに気づいてりゃ、腕はあるんだからまだ引き返せただろうに、なにぶん増上慢《ぞうじょうまん》に陥ってるもんだからまわりが見えねえ。そうこうしてるうちに、いつのまにやら先細り、ふと気がつきゃ閑古鳥《かんこどり》が鳴いてたっていう寸法よ。そうやってつぶれてった見世はたんと見てる」

「見世がうまくいかなくなったから女房と子供に当たるようになる。それで夫婦別れと、悪いほうへ坂を転がってしまったわけですね」

「そうだ。切っちまった蒲鉾《かまぼこ》は元には戻らねえ」

長吉は手刀で蒲鉾を切るしぐさをした。

そのとき、時吉の脳裏にふとひらめくものがあった。

(吉三さんは歳をとり、もう包丁を握れなくなった。それでも、下足番として料理屋につとめている。しかも、かつてわが見世があり、家族とともに暮らしていた柳橋の料理屋に。これには深いわけがあるのではなかろうか)

「どうした、時吉。何かいい考えでも浮かんだか」

目尻にしわを寄せて、長吉がたずねた。

時吉はひとしきり思うところを述べた。師匠はときおりうなずきながら聞いていた。

そして、話が一段落したところで言った。

「寅助に、話してやれ」

情のこもった声だった。


父親の消息が分かったことを、一刻も早く知らせてやりたかった。のどか屋で待っていても、寅助はいつ来るか分からない。時吉はこちらから動くことにした。

寅助が片腕になって働いている桶師の仕事場は、横大工町の一角にあった。のどか屋からは、さほど離れていない。

桶はその用途によって原木が変わる。味噌桶は杉や胡桃《くるみ》、風呂桶は檜や椹《さわら》といった按配だ。木の置き場もあるから、おのずと所帯が大きくなる。おかげで、場所を知っている者が界隈《かいわい》には多かった。

おとっつぁんの件で知らせたいことがあるから、のどか屋へ顔を出すようにだれか伝えてくれないか。

職人衆にそう告げてみたところ、「お安い御用だ」とすぐさま手が挙がった。

話は通じた。

寅助は明くる日に姿を現した。


「すると、おとっつぁんは……」

一枚板の席に座った寅助は、しばらく注がれた酒を見ていた。そして、何かを思い切るように呑み干してから言った。

「おいらを探していたと」

「ええ。そう考えないと、平仄が合いません」

時吉はちらりと季川の顔を見た。隠居は今日も一枚板の席に陣取っている。

隠居の考えも同じだった。

「もしそうじゃなかったら、古巣の柳橋で下足番などはせんだろう。なにかとつらいこともあるだろうからね」

季川は言った。

「つらいこと……」

「現に、むかしの客が吉三さんの顔を憶えていた。かつてはひとかどの見世を構える料理人だったのに、いまはあのとおりよ、とさげすまれるのは百も承知で、吉三さんは下足を運んでるんですよ。いつか、息子の寅助さんが来てくれるんじゃないかと、それだけを心の張りにして」

時吉はそう言って、寅助の好物の石焼き豆腐を差し出した。

豆腐をじっくりと胡麻油で香ばしく焼き、上に大根おろしを小ぶりの富士なりに載せ、はらりと胡椒を振って醤油をかけて食す。いつもはできたての熱々を勢いよく食べて相好《そうごう》を崩す寅助だが、こたびは軽く頭を下げただけで、箸を取ろうとはしなかった。

「おいらに、会いたいと」

寅助はようやく、肚《はら》から絞り出すように言った。

「吉三さんの心持ちの細かいところまでは分かりません。ですが、そういった思いがなければ、柳橋の料理屋で腰をかがめて下足番などしちゃいないでしょう。寅助さんの小さいころに夫婦別れがあって、そのまま生き別れることになった。たとえ吉祥屋の吉三という名は憶えていなくても、柳橋の料理屋に生まれ育ったことを思い出してくれれば、ひょっとしたら寅助さんが探してくれるんじゃないか、目の前に姿を現してくれるんじゃないかと、それだけを気の張りにして吉三さんはつとめてるんじゃないでしょうか」

「おとっつぁんは、そうまでしておいらを……」

「何か言いたいことがあるんでしょう。たぶん、わびの言葉を」

おちよが穏やかに言った。

「会ってやり」

隠居が酒を注ぐ。

「ええ。ですが……」

「何か引っかかりがあるかい？」

「いや、おいら、おとっつぁんの顔を見たら、胸が一杯で、なんにもしゃべれなくなっちまうんじゃないかと」

そこで、こらえていたものがこぼれた。

一枚板の上にしたたるものは酒だけではない。

涙もある。

「わかりました」

おちよの目配せを受け、時吉が言った。

「わたしも一緒に行きましょう」

「時吉さんが？　そんなことまでしてもらうわけには……」

「なに、舌の修業も兼ねてますので。千草という見世は、なかなか筋のいい料理を出すっていう評判です。それを勉強がてら、お供しますよ」

「ありがてえ」

寅助はまた盃を干した。

そして、やっと思い出したように石焼き豆腐に箸を伸ばした。

六

ゆっくり話ができるようにと、時分どきを外していった。

のどか屋は休みだ。寅助も親方によくよくわけを言って、半日だけ暇をもらった。

あとは料理屋ののれんをくぐって再会を果たすだけだが、行く手にそれらしい粋な松と黒塀が見えてくると、寅助の歩みはにわかに鈍《のろ》くなった。

「ちょいと待っておくんなせえ、時吉さん。おいら、胸がちいとばかし」

寅助は心の臓のあたりに手をやって立ち止まった。

「大きく息を吸って」

「へい」

「いちばんの失せ物が見つかったんです、寅助さん。どうか胸を張って、名乗りを上げてください」

「ありがたく存じます。でも、おいら、生まれてからいっぺんだって、おとっつぁんって呼んだことがねえんだ。ちっちゃいころに、おとう、って呼んだことはあるかもしれないが、もちろん憶えちゃいねえ」

「大丈夫ですよ。顔を見りゃ、自然と口をついて出ます。血を分けた親子なんだから。たった一人のおとっつぁんなんだから」

「へい……」

「なら、まいりましょう」

時吉が先に立って歩きだした。

柳橋と言ってもちょいと奥まったところで、両国西広小路の喧噪からは離れた隠れ家のような料理屋だった。小ぶりの松の植わった門をくぐり、飛び石を一二三《ひいふうみい》と数えると、次にはもう軒行灯《のきあんどん》の玄関にたどり着く。

「行くよ」

うしろを見ると、寅助がつばを呑みこむのが分かった。

ちぐさ、と仮名が染め抜かれたのれんを分け、時吉が料理屋に足を踏み入れる。

「いらっしゃいまし」

ややあって、奥からいくぶん腰の曲がった老人がゆっくりと歩み寄ってきた。

その顔を見るなり、分かった。

寅助の父親だ。

血は嘘をつかない。顔かたち、ことに目や鼻がそっくりだった。

「お名は?」

「約はとってないんだが」

「かしこまりました」

うなずき、背を向けて帳場へ赴《おもむ》こうとした老人の背に、時吉は声をかけた。

「吉三さん」

老人の歩みが止まった。

「吉祥屋の、吉三さんだね？」

「あんたは……」

向き直り、じっと時吉の顔を見る。

「わたしはただの付き添いだ。……さ、寅助さん」

手でうながす。

一歩退き、親子を対面させる。

「おとっつぁん……かい？」

寅助が言うと、老人の顔に驚きのさざ波が走った。にわかに言葉が出てこない。それは寅助も同じだった。

「むかしの客が吉三さんの顔を憶えていてね」

代わりに、時吉が言った。「古巣の柳橋の料理屋にいるのは、ひょっとしたら、息子さんを探しているのかと思ってね。おせっかいなようだが、こうして連れてきたという次第だ」

吉三は「違う」とは言わなかった。黙ってうなずいただけだった。

寅助も同じだった。

父の胸に飛びこみ、手に手を取って泣いたりはしなかった。そうするには、あまりにも時の隔たりが長すぎた。

上がり口で互いに黙《もだ》したままうなずき合っていると、何事ならんと、奥からおかみが出てきた。時吉は手短に子細を告げた。

「そういうことでしたら、下足はほかの者にやらせますので、吉さん、座敷に上がって水入らずでお過ごしなさい。積もる話がたんとおありでしょう」

粋筋あがりとおぼしいおかみは、さばけたことを言ってくれた。

「ありがたく、存じやす」

吉三は大儀そうに腰を折って礼をした。

「膳もお願いいたします。親子の再会なので」

時吉はそう言って、軽くふところに手をやった。

お代はわたしが払いますので、としぐさで告げた。

「かしこまりました。では、板さんにそう伝えておきます。……こちらへ」

おかみに案内《あない》されたのは、こぢんまりとした座敷だった。忍びの男女が差しつ差されつするのが似合いなたたずまいで、そういう目で見ると欄間《らんま》の鴛鴦《えんおう》や座布団の朱色さえ艶っぽく見える。

その上座《かみざ》に、吉三を座らせた。足腰に弱りが来ているらしく、座るまでずいぶんと時がかかった。

「すまねえ」

吉三は畳の上に両手をついた。

「おとう……」

と、寅助は言った。

初めの「おとっつぁん」は無理に思い切って口にした言葉だったが、今度の「おとう」はするりと口をついて出た。

「おめえのことは、いっぺんだって忘れちゃいなかった。大きゅうなったな、寅」

もと料理人は、顔を上げて言った。

「ああ、来年で三十だ」

「かかあは？」

「まだ、いねえ。そこまでの甲斐性がないからな」

話がそれなりに弾みだした。

いくらか離れたところで、時吉は見守っていた。

仲居が来たから、酒を頼んだ。まもなく運んでくるだろう。

「何をやってる」

「桶を作ってる」

「桶師か」

「ああ。親方のもとで、かしらでやらせてもらってるよ」

「親方の次に偉《えれ》えのか。そいつぁ出世だ」

「なんの。歳をくっただけで。ほんとは料理人になりたかったんだが、おっかさんが駄目だときつく言うもんであきらめた」

初めて聞く話だった。のどか屋では、ひと言もそんなことは話していなかった。

「おりうが……そうか」

吉三はなんとも言えない顔つきでうなずいた。

「あいつは、どうしてる」

「はやり病で、とうのむかしに」

「死んじまったのか」

「ああ」

酒と通しが来た。

銚釐《ちろり》ではなく、様子のいい徳利の酒だ。

皿に盛られていたのは、詳しいいきさつなどここの料理人が知るはずもないのに、刺し身だった。深めのぎやまんの皿に、白い平貝《たいらがい》とほのかに紅い赤貝が盛られている。青みのあしらいも鮮やかで、紅白の造りを美しく引き立てていた。

「あいつがおめえをつれて出てったのは当たり前だ。見世がうまくいかなくなっちまって、おれはおめえらに当たり散らしてた。どうかしてたんだ」

寅助が注いだ酒を、吉三は一気に呑み干した。

「夫婦別れをしたあとは？」

「江戸が嫌になってよ。まだ料簡違いが改まってなかった。おれほどの腕があるのに、見世に来ねえ客のほうが悪い、なんて思ってた。とんだ考え違いよ」

と、苦そうに次の盃を干す。

「江戸を離れたのかい」

「ああ。包丁一本さらしに巻いて、と言やあもっともらしく聞こえるけどよ。どこへ行っても長続きしなかった。おれは江戸の柳橋で料理屋をやってた、ひと頃は番付にも載ってたっていう誇りがあるもんだから、どうしたってうまく頭が下げられねえ。それやこれやで、京でも大坂でもしくじって、流れ流れてるうちに歳をとっちまった」

「それで江戸へ舞い戻ったのかい」

「いや、木曽《きそ》の宿場で包丁を握ってた。江戸仕込みの料理っていう看板が欲しかったらしくてよ。おれもだんだんにまるくなってきたから、そこはずいぶんと長く続いたんだが、火が出ていけなくなっちまった」

「そうだったのかい」

「その火を消そうとして、桶に水を汲んでぶっかけたりした。風向きが悪くて、なんの役にも立たなかったけどよ。その最中に、手をがーんと打っちまって、それからは思うように包丁を動かせなくなった。手首をひねりでもしたら、いまだに痛えんだからな」

　吉三は右手をひねり、顔をしかめた。

「そりゃ災難だったな」

「なに、料簡違いの報いよ。お仕置きを食らったんだ」

「それで、江戸へ」

　吉三はうなずき、食え、と手つきで示した。

　寅助が、一つ食す。

　時吉も箸を取り、ひとしきりあしらいの盛り方を目で見てから、平貝の造りを醤油につけた。

白くはなかった。色のついた醤油に山葵を溶いて食す、いたって普通の食べ方だ。

「ああ。あとはちっとずつ坂を下るようなもんだ。ろくに包丁も動かせねえ料理人なんぞ、どこへ行ったたって使いものにゃならねえさ。いっそ大川に身を投げちまおうかとも思ったが、この世の心残りは、おめえのことだった」

「……そうかい」

「おりうに謝っても、あいつは許しちゃくれめえ。だがよ、おめえにも辛《つれ》え思いをさせちまった。ひと目会って、すまねえと言いたかった」

吉三は手の甲で目をぬぐった。

「それで、柳橋の料理屋に……包丁が駄目なら、下足番になってでもと」

「そうだ。おめえが憶えてるかどうか分からねえが、もし柳橋の吉祥屋のせがれだったことを思い出したら、この界隈を探してくれるんじゃないかと思ってな」

「初めは細かった糸が太くなったんで。憶えてたのは、『刺し身の皿は、白くなきゃいけねえ』っていうおとっつぁんの言葉だけだった」

「皿が白い？」

「刺し身をつけるたれですよ。つまり、こういう成り行きで……」

この料理屋に行き着くまでの筋立てを、時吉は順序だてて話していった。

そのあいだに、仲居が土鍋を運んできた。味噌粥《みそがゆ》だ。

焼き味噌のいい香りが漂ってくる。ほどよく煮えた粥に投じられた小口切りの青葱が鮮やかだ。

「……それやこれやで、ようやくこの鍋にたどり着きました」

時吉は笑みを浮かべると、それぞれの椀に取り分けた。

「長かったな」

と、吉三。

「煮えるまでが面倒な鍋だったな、おとっつぁん」

寅助は泣き笑いの顔になった。

「うまい」

時吉もうなるような鍋だった。

取り分けるときには分からなかったが、食してみると、隠されていたものの味がふわっと口に広がった。

生姜《しょうが》だ。

せん切りにした生姜が、焦げる寸前まで香ばしく焼いた味噌をさらに引き立てている。しかも、味噌を煮溶かしているのは、ただの水ではなくだし汁とおぼしい。おかげで、五臓六腑《ごぞうろっぷ》にしみわたる深い味になっていた。

「うめえな」

「うめえ」

あつあつの味噌粥を、再会を果たした親子が口に運ぶ。

余計な言葉はいらない。

粥を啜る音だけでいい。

「おとっつぁんがつくる料理、食ってみたかった」

「ちょっとは食わせてたさ」

「憶えてねえ」

「そりゃ、そうだ。こんなにちっちゃかったからな」

吉三が手で背丈を示した。

いまは見上げるほど高い。腕の立つ、ひとかどの桶師だ。

「おとっつぁん、この見世に住みこみかい？」

「ああ。体を曲げて寝なきゃならねえ小屋だが、雨露をしのげるだけ上々さ。贅沢を言っちゃ罰が当たる。だがよ……」

味噌粥をまた少し食べ、ほっと息をついてから、吉三は言った。

「寝起きしてるのは古巣の柳橋だ。おれの見世があったとこは、のちに火が出て跡形もなくなっちまって、べつの長屋が建ってるけどよ。そのあたりを歩くと、どうしたって思い出しちまうんだ。夢も見る。おれはまだ見世持ちの料理人だ。番付に載って、黙ってても客がたんと来る。そんな夢から覚めてみりゃ、女房と子に逃げられた年寄りが独り、手足も伸ばせねえ小屋でほうぼうが痛む体をまるめてるんだ。情けねえ話だぜ」

老いた元料理人は、肩を手で何度かもみほぐした。

「それもこれも、身から出た錆《さび》だ。名人上手《じょうず》とおだてられてすっかり天狗になっちまってよ、客を客とも思わず、うまいと言わねえやつを怒鳴りちらしたりしてた。料理人の風上にも置けねえや。つぶれるのが当たり前よ」

「刺し身の白いたれは、吉三さんの自慢だったんですね」

話が途切れたのをしおに、時吉がたずねた。

「そうだ。白いたれを出して、醬油はないのかいとたずねる一見《いちげん》の客がいたら、ほれ来たとばかりに講釈をたれてた。そんな嫌味な見世ののれんなんぞ、二度とくぐりたかねえや。馬鹿だね。調子に乗って、それでいいと思ってたんだから」

吉三は息子を手で制し、徳利の酒を注いだ。

「頑固な料理人よ、さすがはあるじよ、とおだててた連中は、飽きるとさっさと次の見世へ行っちまった。閑古鳥が泣きだしても、いったん上がっちまった頭はなかなか下がるもんじゃねえ。おりうにはずいぶん意見されたさ。もそっと愛想よくしたり、値を下げたり、下魚《げぎょ》でも仕入れて出したり……あいつの言うことは、いちいちもっともだった。なのによ、おれは耳を貸さなかった。それどころか、うるさい、と……」

「引っぱたたいたりしたんだね、おっかさんを」

「ああ。それで、おめえと生き別れることになっちまった。悪いのは、おれだ。……すまねえ」

吉三はまた両手をついた。盃の酒が、ふっと揺れてこぼれる。

寅助は黙って手を差し出し、老いた父の手を握った。しばらく言葉がなかった。

粥はまだたんと残っていたが、時吉も胸が一杯で、箸が進まなくなった。様子を見にきたおかみに、悪いがもう料理はこれで、としぐさで伝えると、こちらは？　とおかみが銚子を振る手つきをした。

時吉は指を一本立てた。おかみはわずかに笑みを浮かべ、足音も立てずに下がっていった。

「おとっつぁん……」

　存分に泣いた寅助は、座り直して言った。

「ここのつとめは、大儀かい？」

「ああ。腰をかがめなきゃならねえからな。それだけで背中が痛《いて》えや。料理人のころに頭を下げなかった報いだよ」

「なら、おれんとこへ来な」

　寅助はわが胸をたたいた。

　桶屋の屋号が染め抜かれている半纏《はんてん》だ。それは職人の誇りでもあった。

「寅、おめえ……」

「遠慮することはねえ。幸か不幸か、かかあはまだいないからな。親方にかわいがってもらって、かしらと呼ばれて、長屋だが二階まであるとこに住まわせてもらってる。広かねえが、二階でも手足を伸ばして寝られるぜ。おれんとこへ来な、おとっつぁん」

「ありがてえ」

　酒が来た。

　時吉は二人の盃に注いでやった。

「かための盃だな」

寅助が先に正座をした。

「ああ」

吉三はずいぶん時をかけ、ようやく姿勢を正した。それでも背中は曲がっていた。何か見えないものを背負っているかのようだった。

「よろしくな、おとっつぁん」

寅助が呑む。

「ちっとでも、罪滅ぼしをさせてくれ、寅よ」

吉三も呑む。

二つの盃が空になった。

「足を崩して、楽にしてくれ」

「ああ」

あとはむかしの話になった。

縁日のことを、寅助はぼんやりと憶えていた。父の肩に乗って見たかざぐるまが、頭の中でだしぬけに見えた。

そのうち、糸がたぐりよせられるように、思い出がよみがえってきた。

「刺し身の皿に、字が書いてなかったかい？」

寅助は問うた。

「憶えてるのか、寅」

「ああ……赤い字だった」

「そうだ。吉、って書いてあった。吉祥屋の吉、吉三の吉だ。とんだ吉で、みんな割れちまったけどな」

熱が取れてきた土鍋の縁を、吉三は爪で弾いた。

「残っていたじゃありませんか、一枚だけ」

時吉は寅助をちらりと見てから言った。

「ああ、そうだな」

「思い出の一皿が、めぐりめぐって最後の皿をつれてきた。そこに、吉三さんの新しい料理を、思いのこもった料理を盛ってあげてください」

「うめえことを言うじゃねえか」

「さ、とりあえずこれを」

時吉は土鍋を指さした。

「そうだな。寅、冷めねえうちに食え」

「いただくよ。気分よく泣いたら、急に腹が減ってきた」

寅助は笑った。

時吉はまた粥を取り分けた。

どこをすくうかによって、味が変わるのも粋だった。焦げすれすれの底をこそげるようにすくって入れると、またいちだんと粥の味が深くなった。

同時に、葱の味も舌に伝わってきた。

ほろ苦く、ときには甘く感じられる。

人生の味だ、と時吉は思った。

七

いくらか経った雨の晩、一人また一人と客が去って、一枚板の席に季川だけが残った。

「おちよさん、そろそろ」

後片付けをしながら、時吉が言った。

「はい、承知」

おちよが小走りに表へ出て、慣れた手つきでのれんをしまった。軒行灯の灯りも消す。今夜はこれで見世じまいというたたずまいになった。

だが、隠居は腰を上げようとしなかった。その代わり、自分で徳利と猪口を持って、座敷のほうへ移っていった。

「よく拭いておきなよ。肝心な舞台なんだから」

「ええ、心得てます」

時吉はそう答え、雑巾《ぞうきん》を手に取った。

「もう見えるころですね。なんだか、あたしまでどきどきしてきた」

「おちよさんやわたしはただの見物衆だから。仕出しつきのね」

隠居が笑う。

「いい魚が残ってたんですが、しまいだとお客さんに嘘をついてしまいました」

檜の一枚板をていねいに拭きながら、時吉が言った。

「はは、仕方ないやね」

その後はしばらく、季川と弟子のおちよでにわか句会になった。思い出の一皿にちなんで、何か当季《とうき》で一句という趣向だ。

早に長雨、それに出水。なんやかやとあったが、ともあれ川開きを迎え、両国では江戸の華の花火が揚がった。そんな季節だ。

「皿ねえ……」

おちよが五七五の指を折りながら思案する。

「ひとわたりその後のいきさつを聞いたけど、季語を織りこむのが意外にむずかしいかもしれないね」

「そうですねえ」

「どうだい、時さんも一句」

「わたしは不調法なもので、どうかご勘弁を」

時吉があわてて手を振ったとき、表で番傘をすぼめる音がした。

「いらっしゃいまし」

おちよが迎える。

ややあって、二人の男がのどか屋に姿を現した。

寅助と、父の吉三だった。

支度を整えるまでに、ずいぶん時がかかった。

時吉とおちよが見かねて手伝おうとしたが、吉三は断った。

「最後のつとめでございます。どうかご無用に願います」

「おとっつぁんの好きなようにやらせてやってくださいまし」

寅助も言うから、もう余計な口出しはしないようにした。

時吉は小上がりの座敷に移った。厨を吉三に譲り、成り行きを見守っていた。

吉三は白い襷《たすき》をかけた。額には豆絞りの手拭を巻いた。腰の曲がった老体ゆえ、一つ一つの所作に時がかかるのはやむをえない。

「いざ」

支度を整え終えた吉三は、やおら包丁を握った。

自前のものではない。時吉から借りたものだ。

段取りが決まってから、ことに念入りに研《と》いだ。襷をかける前にひとわたり検分した元料理人は、

「いい仕事をしてるじゃねえか」

と、渋く笑った。

包丁を握ると、いくらか背筋が伸びたように見えた。

一枚板の席には、客が一人いた。

寅助だ。

長く生き別れていた息子のために、老いた父はいま、久方ぶりに包丁を握った。

素材は、鯛一尾。

これを姿造りにする。

「始めます」

一礼すると、吉三は包丁を動かしはじめた。

鰓《えら》を取り、わたを出す。切り目を順序よく入れていく。たちまち臀鰭《しりびれ》まで切り目が入った。

いつのまにか、雨が止んだ。

雨音がしなくなると、夜ののどか屋に響くのは、吉三が粛々《しゅくしゅく》と動かす包丁の音だけになった。

包丁の刃の向きを変え、身を切り離していく。むかし取った杵柄《きねづか》だ。流れるように動く。

身をきれいに取り終えてからも、見せ場は続いた。

吉三は頭に最も近い背鰭を切った。それを次の鰭に刺す。そうすることによって、背鰭が立つ。鯛がいまなお勢いよく泳いでいるように見える。

ほおっとひと息つき、額の汗を拭うと、吉三は次の仕込みに移った。

寅助は声をかけない。父の動きを食い入るように見つめている。吉三は大根でつまをつくった。背は曲がっているが、包丁さばきは衰えていなかった。躍るように動き、せん切りの山を築いていく。

それほどの山をどうするのか、いぶかしく思われたが、ほどなく合点《がてん》がいった。わたを抜いたところへ、吉三は大根のつまを入れだしたのだ。鯛が少しずつ膨《ふく》らんでいく。大皿に盛り、向きを変えると、さらに息吹《いぶき》を与えられたように見えた。

「さすがだね」

季川が言う。

「生きてるみたい」

おちよが目をしばたたいた。

いよいよ大詰めになった。

吉三は刺し身を盛りはじめた。背鰭を立てた鯛の腹に、さざ波のごとくに刺し身を盛っていく。揺るぎない手つきだ。

ほどなく、すべての身が盛られ、大葉と山葵があしらわれた。一度死んだ鯛が生き返った。白い皿という浄土で、生き生きと泳いでいた。

しかし、それで終わりではなかった。

吉三は小皿を取り出した。煎酒と白醤油を木の匙で交ぜ、たれをつくる。それを小皿に移すと、すべての段取りが終わった。

「お待たせいたしました」

老いた包丁人がつくる、それが最後の料理だった。

今夜かぎり、一度かぎりの約束で、吉三は包丁を握った。息子のために、寅助だけのために、納めの一皿をつくった。

それはまた、思い出の一皿でもあった。

吉祥屋の皿はすでにない。縁《えにし》のように紅い字で「吉」と記されていた皿はことごとく失せた。

だが、その字が見えるかのようだった。「吉」の一文字がどこかに刻まれているようだった。

その皿を、吉三は両手で支え、下から出した。

実の息子に向かって、どうぞ、と下から差し出した。

「ありがとよ、おとっつぁん」

寅助が受け取る。

ゆっくりとうなずき、太息《ふといき》をつくと、老いた料理人は最後にそっと小皿を出した。

「よろしければ、これで召し上がってくださいまし」

これも下から出した。

「刺し身の、たれは、白くなきゃ、ならねえ」

そもそもの手がかりになった父の言葉を、寅助はひと言ひと言かみしめながら繰り返した。

「そんなことは、申しません。おれの料簡が違ってた」

素《す》に戻りかけたが、吉三はぐっとこらえ、こう言った。

「お口に合いますか、好みにもよりましょう。ただ……」

「ただ？」

「その白いたれをつけると、刺し身の味がまろやかになります」

「そうかい」

「どうぞ、お試しなすって……くださいまし」

吉三のせりふが終わった。

あとは、寅助だ。

息子は軽く手刀を切ってから箸を取り、刺し身をたれにつけた。

それを口中に運ぶ。

こりっ、と身をかむ。

寅助のせりふは短かった。そのひと言しかなかった。

「うめえ」

と、息子は言った。

そこで見えない幕が下りた。

吉三は鉢巻きを取った。厨からよろめき出る。そして、顔をくしゃくしゃに崩して言った。

「寅……ありがとよ」

「お疲れさん、おとっつぁん」

親子が手を取り合う。

「おいら、こんなうめえ刺し身、食ったことがねえ。生まれてからいっぺんだって、食ったことがねえ」

「そうか」

「いや、いっぺんだけあるな」

すきとおった小皿のたれに目をやり、寅助は続けた。

「おいらが物心つくかつかねえかのころ、吉祥屋っていう料理屋の座敷で食った。おとっつぁんがつくってくれた、あの刺し身の味がする。いまふっとよみがえってきた。そんな気がする」

「寅よ……」

「この皿に、赤い字で、ちゃんと書いてあるような気がする。『吉』ってよう」

「ありがとよ、寅」

あとは言葉にならなかった。

しばらく経ってから、寅助は時吉のほうを見て言った。

「胸が詰まって、とても食いきれねえ。鯛に悪いや。みなで食っておくんなさい」

「分かりました。御酒は？」

「いただけるんなら、一本」

「承知しました。今夜の一枚板は貸し切りなんで、どうか親子水入らずで」

時吉は手でそちらを示し、厨に向かった。

おちよも動く。

「では、半分ほど取り分けさせていただきます。崩すのが惜しいけど」

「なんの。飾り物じゃねえんで、存分に召し上がってくださいまし」

吉三はそう言って、息子の隣に座った。

下足番をやめ、いまは同じ長屋に住んでいる。よく連れ立って町内の湯屋へ行っているようだ。ときにはお互いの背中を流すこともあるらしい。

所望されたぬる燗を一枚板の客に出すと、時吉も座敷へ戻った。

「うまいよ、時さん」

小声で言って、隠居が笑う。

「ほんと、おいしい」

美味なるものを食すと、おちよの目がさらにまるくなる。本当においしそうな顔つきになる。

「では、わたしも少し」

時吉も刺し身に箸を伸ばした。

鮮やかな切り口をしばし見てから、たれにつける。

それも白いたれだった。吉三にならい、煎酒と白醤油を交ぜてつくった。

「……うまい」

ひと呼吸おいてから、時吉は言った。

鯛の刺し身に、うっすらと、白いたれの衣《ころも》がかけられる。その加減が、えもいわれなかった。

「ところで、句会の続きは？」

季川が弟子の顔を見た。

「あっ、そうでした」

おちよはもうひと切れほお張ってから、矢立てを取り出した。

一枚板の席では、寅助が吉三の猪口に酒を注いでいる。今夜はもう降らないだろう。月も出るかもしれない。

墨をすりおえたおちよは、しばらく小首をかしげてから、こうしたためた。

白き皿えにしの紅のこぼれをり

「ちょっとだけ、赤いものが残ってたもので」

と、取り分けた皿を示す。

鯛の血は洗って落としてあるが、わずかに残っていた。

えにしの紅だ。

まるで親子の血のようだった。皿に残る、絆《きずな》の赤だ。

「いいねえ。赤い字で『吉』と書いてあるみたいだね」

「でも、季語が思い浮かばなくて」

おちよがちょいと舌を出す。

「はは、いいさ」

「で、師匠は？」

そう問われた季川は、悠揚《ゆうよう》迫らぬしぐさで筆に墨を含ませ、うなるような達筆でこう記した。

川開き見よ練達の手さばきを

「さすが」

「川開き、が季語ですね」

それくらいは時吉でも分かる。

「これじゃ花火師の句だがねえ」

会心の出来ではないのか、季川は首をひねった。

「いいじゃないですか。思い出の花火が揚がってるみたいだし」

おちよが一枚板の席を見た。

「そうですね。だんだんにいい色がついてきたみたいですよ」

時吉も見る。

たったいま最後の料理をつくり終え、包丁を置いたばかりの元料理人が、息子の猪口に酒を注いだ。小声で何事か語っている。

どんな話を思い出したものか、ややあって、寅助の笑い声が響いてきた。

第二話　蛍火の道

一

今年はどうも剣呑《けんのん》だ。

六月十三日の明け方、神田仲町《なかちょう》一丁目から火が出て半鐘《はんしょう》が激しく鳴り響いた。幸い、のどか屋には累《るい》が及ばなかったが、それ以来、時吉とおちよは常にも増して火の用心をするようになった。江戸の町に火事はつきもの、この三河町の一帯も文化三年に焼けている。

火がおさまったと思ったら、今度は雨が降りつづき、大川で出水があった。新大橋と大川橋が損傷してしまったから、やむなく人々は両国橋と永代橋だけで行き来をするようになった。翌日には六郷《ろくごう》川や玉川に移り、ほうぼうが水に浸かって大変な難儀だった。

　そんな災いが、とにもかくにも山を越えたある夕まぐれ、小上がりの座敷の隅に、老いた夫婦《めおと》づれが座った。隠居した商人《あきんど》と、そのつれあいといった趣だ。

　檜の一枚板の席には、地元の職人衆が陣取っていた。新生姜《しょうが》の炊きこみご飯で腹ごしらえをしたあとは、卯の花を肴《さかな》に機嫌よく呑んでいる。道場で剣術の稽古をする町人はさほど珍しくなくなったが、かしらの一人も興味があるらしく、武士あがりの時吉に剣の心得についてしきりにたずねていた。

　剣を捨て、包丁に持ち替えた時吉だが、客に請われれば語る。護身用に立てかけてある樫の棒を手にして、ひとわたり剣術の所作《しょさ》をしてみせると、職人衆はやんやの喝采になった。

　そんな調子だから、一見《いちげん》の客は近寄りがたい雰囲気だった。老人はどうやら一枚板の席が気になるらしく、ちらちらと見やっていたが、やがてあきらめたようだった。

「御酒《ごしゅ》はいかがいたしましょうか」

　おちよがたずねた。

「そうだね……では、銚子を一本」

「熱燗で？」

「いや、ぬる燗で……あと、猪口《ちょく》を二つ」

二つと言うからには夫婦で呑むのだろうが、祝いごとがあるようには見えなかった。

そういった華やぎはまったく感じられない。

「かしこまりました。肴はいかがいたしましょう」

おちよが笑顔でたずねると、女房が老人を見て小声で言った。

「蛤《はまぐり》のお吸い物は？　おまえさん」

「いまは季《とき》が違うよ。無茶なことをお言いでない」

そうたしなめる。

「蛤は春までのものでございますから、あいにくいまは入っておりません」

「ごめんなさいよ」

「いえいえ。ご飯ものもいかがでしょう。生姜の炊きこみご飯でしたら、つくりたてをお出しできますけど」

おちよが如才なくすすめると、老人は一つうなずいてから言った。

「なら、頂戴しましょう。お膳は、三つお願いできますか？」

「三つ、でございますか。あとからどなたかお見えになるんでしょうか」

「いや……こう見えても大食いでね」

「さようですか。では、肴はおいおいということで」

「ええ。ありもので見繕ってくださいよ。ただし、小鉢を三つ」

老人は指を三本立てた。

「承知しました」

痩せた年寄りだが、人は見かけによらないということは間々《まま》ある。こんな細い人の胃の腑《ふ》によくもまあこんなに入るものだと呆れたことは、いままでに一再ならずあった。

(でも、このご夫婦。前にも来ていただいたような気がする。

あれは、いったいいつだったかしら……)

おちよは思い出そうとしたが、小体《こてい》な構えの見世でも、訪れてくれた客は延べにすると相当な数になる。記憶の糸は、にわかにはつながらなかった。

まず酒を出し、小鉢と飯を運ぶ段になって、おちよは時吉に小声でたずねてみた。

「お座敷のご夫婦、前にも来ていただいたような気がするんだけど」

「そうですか。いつごろのことでしょう」

時吉はそちらを見た。

やっと剣術の所作が終わり、包丁を握ってほっとしたところだった。不思議なものだ。初めはいささか身につかなかったものが、こんなにも手にしっくりとなじんでいる。

「蛤汁の話がちらっと出たから、おおかた冬から春にかけてだと」

「冬から春にかけて……」

時吉は首をかしげた。

すぐには思い出せない。一枚板の客ならあらまし頭に入っているのだが、座敷や土間の一見の客まですべて憶えろというのは無理な注文だ。

「思い出せませんか？」

「ちとむずかしいですね。ところで、あとからもう一人見えるんでしょうか」

時吉はいぶかしそうにたずねた。

座敷が見える。

老人は猪口の一つをいくらか離れたところに置き、酒を注いでいた。先に準備万端整えて、遅れてくる客を待っているという雰囲気だ。

「あたしもそう思ったの。小鉢もご飯も三人前のご注文だし」

と、おちよ。

「何か事情《いきさつ》があるのかもしれませんね」

時吉はそう答えたが、それがいかなるものかは見当もつかなかった。

「まあ、だしぬけに思い出すかもしれないし」

おちよはそう言って、お盆を運んでいった。

飯は、一枚板の客に出したのと同じ新生姜の炊きこみご飯だった。細く切った油揚げも一緒に炊きこむ。そうすると、しゃきしゃきした新生姜と歯ざわりがまた違って、さらにうまくなる。

味つけは醤油《したじ》に酒、それに塩。決め手は昆布をさりげなく潜ませてあとから取り出すことだ。最後に、邪魔にならないほどにぱらりと胡麻を振ればできあがり。

「こりゃ、いくらでも入《へえ》るぜ」

「でかしたね、時さん」

と、職人衆のあいだでも評判は上々だった。

小鉢は小松菜の胡麻浸し。口中に投じれば、目には見えないものがふっと香り立つ。芥子《からし》だ。これまたくどくならないように、按配《あんばい》を心得て使えば、菜っ葉がしゃりっと生き返る。

「お待たせいたしました」

おちよは飯と小鉢を座敷に運んだ。

老夫婦はどちらも無言だった。わずかに目で会釈をしただけだ。

「お注ぎいたしましょうか」

「いや、手前どもで」

老人がさっと手を挙げ、酌《しゃく》をしようとしたおちよを制した。

そのしぐさや言葉づかいなどでおおかたの察しはついた。この人はどこぞかの御店《おたな》者《もの》で、大過《たいか》なくつとめあげていまは隠居の身分だろう。

「失礼いたしました。では、ごゆっくり」

身内だけで静かに過ごしたいときは、あまりしゃしゃり出ずにすぐ引くのが骨法《こつぽう》だ。おちよは頭を下げ、厨《くりや》のほうへ引き返していった。

ただし、背中で声を聞いた。

ささやくような声だったから、すべて聞き取ることはできなかったが、老人はこう言った。

「……ここに立てるわけにはいかないやね」

それを受け、つれあいはため息を含む声で、

「そうですね、おまえさん」

と答えていた。

さて何を立てるのか、どうして「立てるわけにはいかない」のか、まったく見当もつかなかった。

時吉は職人衆とのやり取りで忙しくしていた。

料理をすぐお出しできるのはいいが、客に酒が回りすぎると、ただの酔っ払いの相手が続くという仕儀になってしまう。なにぶん武士あがり、見世を始めた当初はいかにも慣れなかったが、このところは相手に合わせてうまく引いたりいなしたりすることができるようになった。

「悪いやつをたくさんたたっ斬ってきたんだろうなあ、時さん」

「そりゃ、三河町いちばんの用心棒だからよ」

職人衆はしきりに持ち上げてくれた。

「どうだい。たまには腕がうずいたりしねえかい？　悪いやつをたたっ斬りてえと」

「いえ、刀はもう捨てましたので。いまは一介の料理人で」

「もったいねえとは思わないと」

「思いません」

時吉は即座に答えた。

侍であったころは、物を見る目が曇っていた。そのせいで、無用の殺生《せっしょう》をしてしまった。思い出すと、いまだに胸が痛む。

料理人も殺生をする。まな板の上で生《しょう》のものを殺《あや》める。

ただし、それは無用ではない。用だ。

料理人の手で成仏《じょうぶつ》されたものは、形を変えて客の口に入る。舌を楽しませ、体に養いの素《もと》を与える。

死んで終わりではない。まな板の上で死んだ生のものは、料理人の手によって第二の生を与えられるのだ。

「まあ、しょうがねえな」

「でもよう、悪いやつがここいらにのさばるようになったら、時さんに退治してもらわなきゃ」

「二本差しじゃなくて、棒一本でも心強いやね」

職人衆はなおも口々に言った。

「ここいらには、鎌倉町の親分さんがおいでじゃありませんか」

時吉が名を出したのは、鎌倉町の半兵衛《はんべえ》。土地《ところ》では知らぬ者のない十手《じって》持ちだ。

「あの親分さん、様子はいいけど、立ち回りはどうかねえ」

「ここはなかなか切れるんだが」

一人が頭を指さしたとき、座敷の客が腰を上げた。

「毎度ありがたく存じます」

おちよがすかさず声をかける。

「ありがたく存じます」

時吉も腰を折った。

以前は一つ気合を入れないとお辞儀ができなかったものだが、水に慣れたいまは頭がすっと下がる。

去りぎわに、老人が少したためらってからたずねた。

「いつも、ここは一杯かい？」

そう言って、一枚板の端を指でとんとたたいた。

「いえ、日によって違いますが」

時吉の答えに愛想がないと思ったか、おちよがあわてて口をはさんだ。

「いま少し遅くなると、がらんとする日のほうが多いです。もしよろしければ、またおいでくださいまし」

それを聞いて、職人衆がまた我先にと言った。

「悪いねえ、旦那」

「いつもここで呑んでるわけじゃねえんだい」

「毎晩呑んでちゃ、かかあが許してくれねえさ」

「うちんとこは、ひと晩だってこれだからよう」

一人が頭に角《つの》を立てるしぐさをしたから、場はどっとわいた。

「なら、また」

弱々しい笑みをちらりと浮かべ、老人は女房とともに出ていった。

「ありがたく存じます。お足元にお気をつけて」

おちよが送る。

片付ける段になって、あら、と思った。

大食いだと言って三人前を注文したのに、胸焼けでもしたのかどうか、余りの一人分には箸がついていなかった。そっくりそのまま残っていた。

酒もそうだった。

もう一つの猪口にも注がれたままになっていた。

二

のどか屋は、小料理屋にしてはいささか休みが多すぎるのではないか。そんな文句をときどき言われる。

よく女房と間違われるが、おちよは師匠から手伝いに借りているだけだ。そうそう働きづめにするわけにもいかない。

それに、休みの日と言っても遊びほうけているのではない。寝て過ごしているわけでもない。ほかの見世ののれんをくぐり、目で見、舌で味わうのも料理人の修業のうちだと師匠からは教わった。時吉はそれに従い、休みの日でもほかの見世を回って研鑽につとめていた。

どこそこの見世がうまい。あの町に新しい見世ができた。

そんなうわさは、のどか屋の客からすぐ伝わってきた。長吉屋に顔を出したときにも教わる。番付という便利なものもある。

それとはべつに、神社仏閣巡りをかねて町をそぞろ歩いているうち、ふと見つけて入る見世もあった。いずれにしても、初見の客だ。

いつもは厨から客を見ているが、さかさの立場になると、ふだんは見えないものが見えてくる。入った見世の者からどういう声がかかったら気分がいいか、逆にいやな心持ちになるか、ただの客としてよそののれんをくぐると分かってくる。

客あしらいだけではなく、むろん料理もそうだ。

思わずうなるような一皿がある。

満足のため息がもれる一椀もある。

おかわり、と声を発したくなる一膳がある。

それらがすべて糧《かて》になる。ひとまず頭の中の引き出しにしまっておき、しばらく寝かせてから取り出す。すると、不思議や、それはもうのどか屋の料理になっているという寸法だった。

ただ真似をするだけでは能がない。勘どころは頂戴するが、より良くなるように新たな衣を着せてお出しする。時吉はそう心がけていた。

うまい料理にばかり当たるわけではない。ふらりと入った見世が大きな外れで、出されたものがあまりにもまずくて往生《おうじょう》させられることもある。食い物がいっかな喉を通っていかず、困ったことも何度かあった。

それもまた修業の一つだった。

こんなまずいものを出してはいけない。どうがどういけないのか、思案をすると、思いがけない肥やしになるのだ。

師匠の長吉からはこう言われている。

「よその見世を食べ歩くのは大いに結構だ。存分にやんな。だがよ、ゆめゆめ勝負はしちゃいけない。ここの見世が出すようなものなら、おれの見世のほうがよほど上手《うわて》だ、なんぞと勝負をしながら食っても実にはならねえ。そんなことをやってるうちに、皿が上から出るようになっちまう。まずいものが出たら、侮るんじゃなくて戒《いまし》めにしな。うちじゃ、間違ってもこんなものは出すまい、とな」

師の教えをかたく守り、時吉は今日も舌だめしの町歩きをしていた。

今日は湯島天神に詣で、下谷広小路のほうへ下っていった。池之端《いけのはた》のあたりを歩いていたとき、路地からふと味噌のいい香りが漂ってきた。

その匂いに誘われて脇へ折れると、案の定、田楽屋だった。

でんがく、とのみ軒行灯に記されたそっけない構えだ。あだな姿の女たちが見世先で田楽を焼いて客を引くような見世ではない。ちょうど小腹もすいてきた。時吉は迷わず入ることにした。

「いらっしゃい」

団扇《うちわ》で豆腐を仰ぎながら、あるじがちらりと目を上げた。

おや、と思った。

ちょうど二人連れが席を立つところだった。その顔に見憶えがあった。

あの老夫婦だ。

のどか屋に来て三人前の品を頼んだ客に、時吉はここでまた出くわした。

女房のほうも気づいた。時吉の右のこめかみからほおにかけて、かつて自ら焼いたやけどの跡が残っている。ために、いやでも目立つ。

女房に袖を引かれ、老人も気づいた。やや驚いたような目で時吉を見た。

「先だっては、ありがたく存じます」

時吉が先に言った。

「ああ、その節は……またいずれ」

「お先に」

どことなく落ち着かないような、また、何がなしに陰りのある顔つきで、老夫婦は田楽屋から出ていった。

代わりに小上がりの座敷に上がろうとした時吉は、思わず動きを止めた。田楽が一皿、まるまる手つかずで残されていたのだ。

「あんた、おんなじあきないかい？」

一人で見世を切り盛りしているとおぼしいあるじが、探るような目つきでたずねた。

「いや、田楽屋じゃなくて、しがない小料理屋ですが」

「ま、似たようなもんだ」

そう言うと、あるじは軽く舌打ちをした。

「食えねえのなら、三人前なんぞ頼まなきゃいいものを」

愚痴をこぼして、皿を下げる。

「で、ご注文は？」

「もう芥子《からし》の季節ですね」

逆に謎をかけるように、時吉は答えた。

「木の芽は引っこんじまったんでね」

にやりと笑って答える。

「なら、それを」

「ただの味噌でね」

「ほかに何ができます？」

「とくに芸のあるものは出ねえよ。せいぜい玉子田楽くらいだな。玉子を割って田楽にするんじゃなくて、黄身を塗るほうのやつだが」

「それもいただきましょう」

時吉が答えると、あるじはあらかた歯の抜けた口を開けて短く笑った。

座敷から手元は見えないが、あるじの身のこなしを時吉は見ていた。狭い厨の壁には、青竹を立てかけている。田楽の串は人がつくった物を使わず、自らの手で削っているようだ。

水気を切った豆腐を、見栄えのする扇形に切る。時吉ものどか屋で出すが、きれいにそろった形にするのは存外にむずかしいものだ。

そこへ、平串を一本だけ打つ。

京大坂と江戸で違うのは、鰻の開き方ばかりではない。田楽の串も違う。京大坂では、股のある串を二本使う。一方、江戸では一本通すだけだ。

由来をたどれば、江戸の打ち方のほうに理があった。田植えの際に、田の神を祀って踊るのが田楽。これを舞う僧形《そうぎょう》の田楽法師は、一本足の高足《たかあし》に乗った。竹馬を彷《ほう》彿《ふつ》させる姿だ。

串ばかりではない。味噌も違う。京大坂は白味噌、江戸は赤味噌だ。これに砂糖や醤油を交ぜて田楽味噌にする。

木の芽田楽も異なる。京大坂は山椒の芽をあらかじめ擦りこんでおく。片や、江戸は上に乗せる。

さりながら、いまはもう夏に入っている。木の芽どきは去った。

では、どうするか……という答えをあるじが運んできた。

「お待たせを」

あるじが香ばしく焼けた田楽を運んできた。

愛想はないが、いい仕事をしている。それは扇の整い方だけで分かった。

木の芽の季《とき》が去ると、上にかかるものが変わる。芥子の粉だ。ひりっとするあの感じが甘味噌に合う。炭火でていねいにあぶった田楽なら、なおさら引き立つ。

「うまい」

ほかの言葉はいらなかった。

焼き加減も、豆腐も上々だった。張りがあって、舌ざわりもいい。

「ご亭主、この豆腐はどこで？」

時吉はたずねた。

「なに、そのへんの名もない豆腐屋で」

教えたくないのかどうか、あるじはぶっきらぼうに答え、今度は玉子豆腐をつくりだした。

玉子を溶いて醤油を交ぜ、刷毛《はけ》で塗ってあぶって焼く。これは少し焦がしたほうがうまい。むろん、焦げすぎてはいけない。そのあたりの火加減に気を使う料理だ。

「お待ち」

「出来端をいただきましょう」

「豆腐が喜ぶよ」

また歯のない口が覗く。

はふはふ、と息を吹きかけて少しさましてから、時吉は玉子豆腐をほお張った。黄身も塗られているが、甘くはない。いっそ渋いが、じわりとうまみが伝わってくる。豆腐それ自体がうまくなければ、なかなか出ない味だった。

(相模屋《さがみや》さんの味といい勝負だな、この豆腐は。

大豆もいいし、水もいい。

なにより、心意気のこもった豆腐だ)

出入りの豆腐屋のことを思い浮かべながら、時吉は田楽を食した。

相模屋の惣助《そうすけ》は、のどか屋がのれんを出してからずっと豆腐を卸《おろ》してくれている。このところ体の具合が悪いようで案じられるが、豆腐そのものは相も変わらぬ美味だった。型くずれがせず、味が濃い。何もつけずに食べてもうまい豆腐だ。その相模屋の豆腐にも引けを取らない品だった。

「あんた、酒は？」

ほかに客はいない。ほどなく、あるじのほうから話しかけてきた。

「いや、このあともほかの見世を回るつもりなので」

「舌で修業か？」

「そんなところで」

「励むねえ……ときに、そいつは火にやられたのかい」

あるじは気の毒そうにこめかみへ指をやった。

「まあ、そんなとこで」

詳しいいきさつを語るわけにはいかない。時吉はそう答えておいた。

「そうかい……おれも焼け出されて、見世とかかあを亡くしてな。うちが火を出したわけじゃねえが、当座は炭火なんぞ見たくもなかった」

愛想はないが、話をするのが嫌いでもないらしいあるじは、いくぶん遠い目つきになった。

「そうだったんですか。それはなんとも災難で……」

「なに、うちだけじゃねえさ。江戸に火事はつきものだからよ。焼けるたびに大工《でえく》らがまた家をおったてて、もうけた金をぱあっと使って、そうやってでけえ風車《かざぐるま》を回してきたんだ。しょうがねえ。かかあはかわいそうなことしたけどよ。鈍臭《どんくさ》いやつだから逃げ遅れてよう。おれが手を引いて逃げてたんだが、いつのまにかはぐれちまった」

こいつがいけねえんだ、とばかりに、あるじは左手で右手の甲をぴしゃりとたたいた。

しばし沈黙があった。

玉子豆腐は食べ終わっている。このまま腰を上げてもいいのだが、それではあまりに愛想がない。

かといって、こちらも火事の話をするわけにはいかない。そういう火傷ではないからだ。さてどうしようかと思案しているうち、時吉は訊《き》かねばならないことがあったのを思い出した。

「ときに、ご亭主、入れ替わりで出ていった夫婦者は、前にもこの見世に？」

「そう言や……先《せん》にも来たことがあるような気がするな」

「そのときも、二人で」

「いや……」

行灯に火が入るように、あるじの目に光が宿った。

その話を聞くにつれて、蛍火で照らされたかのように、行く手の道がぼんやりと明るくなってきた。

見えた、と時吉は思った。

いままで闇に閉ざされていたところがほんのりと照らされ、細い道が見えた。

三

明くる日、時吉はおちよにさっそく話をした。

記憶は記憶を呼び覚ます。思い出は思い出をつれてくる。

田楽屋のあるじの話を伝えると、おちよもはたとひざを打った。

「そうやって、お見世を回っているのかしら」

ややあって、おちよは珍しく沈んだ顔で言った。

「おそらく、そうじゃないかと」

「またお見えになったら、さりげなく聞いてみましょうか」

「聞き方がちとむずかしいかもしれませんね」

「ええ、たしかに」

「一枚板の席に座りたいような様子だったので、そのあたりから話をすればと」

「ああ、なるほど。それはいいかも」

おちよはいつもの顔つきに戻った。

それからいくらか経った。

降りみ降らずみの空は一度も晴れず、妙に蒸したまま日が暮れた。そんな晩、檜の一枚板の席には安房屋辰蔵が座っていた。しばらく姿を見せないと思ったら、またほうぼうを飛び回っていたらしい。

「もっとも、あきないなんかは二の次で、うちに奉公していた者を訪ねて歩いてたんだがね」

隠居はそう言って、生姜の味噌焼きをこりっとかじった。

味噌をつけてさっとあぶっただけの簡単な品だが、絶妙に合う。酒の肴としては申し分がなかった。

「どちらまでいらしたんですか？」

おちよがたずねた。

「まずは相州《そうしゅう》の羽鳥村《はとり》だ。長くうちの番頭をつとめていた者の故郷《くに》でね。年寄りの足には、ちいとばかり坂が難儀だったけれど」

と言うほど足は衰えていない。どうかすると、若い者よりしっかりしているくらいだった。

「お元気でしたか」

豆腐の裏ごしをしながら、時吉はたずねた。

もう火は落とした。ここからは余った物でつくる料理だ。客が来なければ賄《まかな》いになる。

「うちにいたころより元気なくらいだったよ。もともと、親孝行をしたいがために帰って田畑を継いだんで、体を悪くしたわけじゃないからね。おおかた江戸より故郷の水のほうが合ってたんだろうよ。ただ、その元番頭は達者でなによりだったんだが……」

猪口の酒を少し苦そうに呑んでから、辰蔵は続けた。「帰りに保土ケ谷《ほどがや》を訪ねたら、元の手代がずいぶんとやつれていてね。病《やまい》で故郷に帰ったんだが、どうもあの顔色を見るとなんとも言えなくてねえ」

「それは、つらいものがありますね」

時吉はそう言って、裏ごしを終えた豆腐に練り胡麻を加えた。なめらかになるまで、よく鉢で擦《す》る。

「長くつとめてくれた奉公人といえば、もう身内も同然なんだが、ひとたび田舎へ帰った者を看病するわけにもいかないやね。あの土気色の顔を見ておきながら、なんにもできないのは悔しくてねえ」

しばらくしみじみとした話になった。

時吉がつくっていたのは白和《あ》えだった。残った蒟蒻《こんにゃく》や人参などを鉢に入れて和える。

砂村の胡瓜《きゅうり》が余ったのは好都合だった。これを入れると歯ざわりが変わって按配がいい。

「ま、そんなわけで、奉公人訪ねの旅は悲喜こもごもだった」

「御店《おたな》へ上がっても、その先は人それぞれですね」

と、おちよ。

「そうそう。早々とやめちまう者もいれば、具合が悪くなって里へ帰る者もいる。

……おお、こりゃ上方《かみがた》だね」

白和えを食すなり、辰蔵は言った。

「はい。安房屋さんから卸していただいた薄口醤油を加えてあります」

「道理で上品な味がするよ」

と、隠居が目を細めたとき、のれんがはらりと開いた。

「いらっしゃいまし」

そろそろしまおうかと歩み寄ったおちよが声をかけた。

「いらっしゃい……」

顔を上げた時吉は、息を呑んだ。

見世に遅く姿を現したのは、例の老夫婦だった。


入れ替わりに、小上がりの座敷の客が出ていった。のどか屋の客は、辰蔵と老夫婦だけになった。

「よろしければ、こちらへ」

時吉が一枚板の席を示した。

「なんでしたら、わたしゃ向こうへ移りましょうか」

辰蔵が譲ろうとする。

「いえいえ、それには及びません。端のほうに座らせていただければ」

そう断ると、老人は一枚板の席に腰を下ろした。その女房とおぼしい女も、遅れて隣に座る。

おちよがのれんをしまった。軒行灯の灯りも消す。

「あいにく、お出しするものが限られてまいりましたが」

「ああ、有り物でかまわないので」

「ご飯は食べてきましたから」

まだ落ち着かない様子で、老夫婦が答えた。

「御酒は？」

「では、一本」

老人が指を立てる。

「猪口は二つでよございますか」

「……ああ」

ややためらってから、老人はうなずいた。

同じ席、ことに一枚板の席に座るのは何かの縁というものだ。まずは辰蔵が要領よく名乗り、続いて老人の番になった。

「わたしは松助《まつすけ》、これは女房のたき、と申します。宇田川町《うだがわちょう》の線香問屋、萬屋《よろずや》にて長く奉公させていただいておりました。どうぞよろしゅうに」

腰の低い、あきんどの言葉だった。

「お線香屋さんかい。番頭あたりまで行きなすったか」

年かさの辰蔵が、松助の人相風体をもう一度ざっと見てから言った。

「図星でございます。……や、これはどうも」

また頭を下げて猪口を二つ受け取ると、松助はそれを微妙なところに置いた。

「白和えでございます。あとは漬物の盛り合わせあたりでご勘弁を願います」

「いえ、お構いなく。ただ……」

松助はにわかに言いよどんだ。

「小鉢を、三つ、でしょうか？」

先を読んで、時吉は問うた。

おちよと目が合う。

いよいよ勘どころに入ってきた。

「先《せん》にうかがったときは、注文しながら残してしまって、相済まぬことでございました」

そう述べる松助に合わせて、女房のおたきも頭を下げた。

「池之端の田楽屋でも、ちらりと」

「ああ、そうでした。ちゃんとしたごあいさつもせず、ご無礼を」

「とんでもございません。そのときも、田楽が一人前、まるまる手つかずで残っていましたが」

「はい……」

しばし、言葉が途切れた。

おちよも黙って徳利を置く。おおかたのわけは察しがついていた。

「おまえさん」

おたきが控えめにうながした。

「ああ」

その声に背を押されるように、松助は言った。

「あれは、せがれの末吉《すえきち》の分でございます」

「息子さんの……」

「はい」

時吉のほうを見ると、松助は意を決したように言った。

「陰膳《かげぜん》、のつもりでございました」

四

こんな経緯《いきさつ》だった。

線香問屋の御店者として、松助は大過なくつとめあげた。もともとは武州日野《ぶしゅうひの》の在《ざい》の生まれで、笈《きゅう》を負うて江戸へ出てきた。初めは西も東も分からなかったが、萬屋の先代によくしてもらい、やがてひとかどのあきんどの顔になった。

いまの萬屋のあるじはおっつかっつの歳だが、ずいぶんと頼りにしてくれた。そのうち番頭になり、人のすすめで所帯も持った。女房のおたきとは、よく気が通じた。狭い長屋の暮らしだが、何も不満はなかった。

そのうち子ができた。もっとも、続けざまに娘を夭死《わかじに》させてしまった。ずいぶんと意気が消沈したが、幸い、また子宝に恵まれた。今度は待望の男の子だった。

この子だけはと大事に育てた。ほうぼうで神信心もした。その甲斐あって、子は無事に育った。これが末吉だ。

末吉はあまり手のかからない子で、親の欲目かもしれないが利発だった。寺子屋でも目立ってよくできた。松助とおたきは、しばしば息子の自慢をした。

線香問屋は堅いあきないだが、沈まぬ代わりにそうそう浮くこともない。松助にはのれん分けの話もあったけれども、体を動かすのがときどき大儀になるようになってからの独り立ちはむずかしかろうと思い、すっぱりとあきらめることにした。

おたきともよく相談して、松助は肚《はら》をかためた。

早めに隠居し、その代わり、息子の末吉に跡を継がせよう。親子二代にわたって、萬屋にお世話になる。ご奉公にあがらせる。それがいちばんの道だと父は考えた。

末吉もそれは望むところだったらしい。萬屋のあるじも、番頭さんがそう言うのならと快く認めてくれた。

話はとんとんと進んだ。

本来なら、末吉は去年の四月から奉公にあがることになっていた。しかし、奉公人が続けざまに田舎へ帰ることになり、やや早まって二月からになった。

それが運命の境になった。


「こちらへうかがったのは、昨年の一月のことでした」

松助はそう言って、猪口に自ら酒を注いだ。

「そのときは、蛤汁を」

時吉から田楽屋での話を聞いたおちよは、もう記憶をよみがえらせていた。

あのときは二人ではなかった。もう一人いた。

「はい。大変おいしゅうございました。座敷で、末吉と一緒に、いただきました」

一言一言《いちごん》をかみしめるように、松助は言った。

「末吉さんは、明くる月から奉公にあがったわけだね」

辰蔵が言った。

松助とのあいだは、ちょうど一人分空いていた。一枚板には、ぽつんと一つ、空の猪口が置かれている。

「さようです。ここの座敷が……納めになってしまいました」

「年季が明けたら、あの一枚板の席で呑もうと、この人と話をしておりました」

おたきが目尻に指をやった。

「二月というと、火でございましょうか」

時吉がたずねると、松助はゆっくりとうなずいた。

そして、さらに酒で喉を潤してから語った。

末吉は気張ってつとめだした。萬屋で生き残った者の話によれば、朝早くからのれんをしまうまで、よく声を出して働いていたという。

火が出たとき、ちょうど見世には座頭《ざとう》が来ていた。揉み療治ばかりでなく、灸《きゅう》もすえる。手広くあきなう萬屋では質のいい艾《もぐさ》も扱っていたから、上得意の一人だった。

ほかにも古刹《こさつ》の和尚が来ていた。自ら足を運ぶことはめったにないのだが、たまたまついでがあったらしい。高齢の和尚には供の者が幾人《いくたり》も付いていて、萬屋はにぎわっていた。

折あしく、そんなときに半鐘が鳴った。乾いた風の強い日で、火はあっと言う間に広がった。

「手前のことはあとにしろ、とよくよく言って聞かせておりました」

松助はそう言って、時吉から小鉢を受け取った。

一つは脇に置く。ここにはいない息子のために置く。

陰膳だが、線香は「立てるわけにはいかない」。いかに線香問屋の番頭だったとしても、それは無理な話だった。

「それで、逃げ遅れなすったと」

辰蔵が声を落とす。

「はい。逃げようと思えば逃げられたらしいんですが、あいつはまた見世へ戻っていってしまったんです。和尚様のご一行はお見送りしたけれども、まだ座頭さんが残っていると……」

「なるほど、座頭さんを助けようと」

おちよがなんとも気の毒そうな顔つきになった。

「手前のことはあとにしたんです。わたしはあとで和尚様にお目にかかりました。末吉は、『毎度ありがたく存じました』と大きな声を出したかと思うと、もうずいぶん火の手が回っている見世のほうへ飛んでいったそうです。あの声が忘れられない、惜しい子をなくした、と和尚様にひとしきり拝んでいただきました」

松助は両手を合わせた。

「ほんに、あの子の声が……」

おたきがそう言って小鉢を置く。まだいくらも食べていないが、おそらく胸がいっぱいになったのだろう。

松助は語る。

「実を言うと、その座頭さん、あまり評判の芳《かんば》しからぬお方だったんです。療治の代金をむやみにふっかけたり、高利の金を貸したりで、ずいぶんと嫌われていたそうです。ですから、まず和尚様は逃がしても、座頭さんはだれも助けようとしなかった」

「その嫌われ者の座頭を、末吉さんが助けに」

一日《ひとひ》の仕事を終えた包丁を研ぎながら、時吉が言った。

「何度も言うようですが、せがれは手前のことをあとにしたんです。まだ奉公にあがったばかり、座頭さんの悪い評判なんて耳にしていなかったでしょう。……いえ、たとえ聞いていたとしても、お客様に変わりはありません。あいつは火の海に飛びこんで、座頭さんを助けようとしたでしょう。そういうやつでしたから」

辰蔵がわずかにひざを詰め、黙って酒を注いだ。

「ともかく、そんなわけで、せがれを亡くしてしまいました。長年つとめた萬屋も全部燃えて、売り物の線香も灰になりました。あとには何も残らなかった」

「でも、おまえさん」

おたきが、いくらか和らいだ口調で言った。

「思い出は残ったじゃありませんか。あの子の思い出が、たんと」

「ああ、それだけはな」

松助はそう答え、太息《ふといき》をついた。

だれもが黙りこんだ。

そのしじまに、声が響いた。人の声ではない。猫がないたのだ。

「ちょいと行ってきます」

さっと目元をぬぐってから、おちよが見世の裏手へ向かった。

このところ、猫がえさをもらいにくるようになった。まだ名はない。白と茶の縞模様のある雌《めす》猫で、なかなか愛嬌のある顔立ちをしている。魚のあらのたぐいならあげられるから、おちよと時吉が交替で面倒を見ていた。

のどか屋の表に日が差しているあいだは、よく見世先で昼寝をしている。木の箱を使って粗末なねぐらをつくってやると、寸に合ったのかどうか、ずいぶんと気に入って中で丸まって寝るようになった。

尻尾《しっぽ》だけをときどきふるりと動かしながら、何の屈託もなさそうに猫は寝ている。その姿が道行く人をなごませる。名のない猫は、いつのまにかのどか屋の看板娘の趣になった。

夜は界隈《かいわい》をぶらぶらと歩いている。先だっては、真っ黒な猫のあとについて近くの稲荷のほうへ向かっていた。おおかた猫にも寄り合いがあるのだろうと笑い話になった。

その猫の声が聞こえたあと、少し遅れて、松助がまた口を開いた。

「末吉も猫が好きで、よく近所の野良にえさをやっていました。猫ならなんでもかわいく見えるようで、別《わ》けへだてをせずに声をかけて煮干しやら何やらをやってました。だから……」

と、つれあいの顔を見る。

「あれから、猫のなき声が聞こえるたびに、ああ、あの子が帰ってきたんじゃないかと……」

泣き笑いをしながら、おたきが言った。

えさをもらったと見え、猫のなき声は止んだ。おちよが何か話しかけているようだが、遠すぎて聞き取れない。

「せがれは猫好きだったから、早々と生まれ変わってきたんじゃないかと、そう思いましてね」

「身を捨ててまでお客さんを守ろうとしたわけだから、今度は好きなものにしてもらったかもしれないね」

辰蔵がそう言って、手酌で酒を注いだ。

「ときどき、声をかけてみました。末吉や、末吉やって。ほんとにあの子だったら、ちゃんと分かって、猫の言葉で『おっかさん』と言ってくれるんじゃないかと思って」

おたきはそう言うと、ようやっと白和えに箸を伸ばした。

「心張り棒がなくなっちまったような心持ちでねえ」

松助も小鉢の料理を口に運んだ。

おちよが戻ってきた。

「あいつは？」

時吉が小声でたずねた。

「ごろごろ喉を鳴らしてましたよ」

「猫は気楽でいいねえ」

隠居が笑った。

通夜のようだった一枚板の席が、猫の話で少しばかりほわりとなごんだ。

「まあ、そのうち生まれ変わってきてくれるのかどうかは分かりませんが、あいつと一緒に行ったところを、できるだけ回ってやろうと思い立ちましてね」

「それで、うちや田楽屋さんなどを」

「はい。思い出したところは、端から足を運びました。あのときはこうだった、末吉はこんなことを言った……と、ふしぎなもので、そこへ座るとあれやこれやと思い出されてくるんです」

時吉はうなずき、漬物を盛り合わせた一皿を控えめに出した。
浅漬けもあれば、ずいぶんと寝かせたものもある。青物があれば、大根や蕪《かぶ》なども
ある。白と青の中で、人参の赤や柚子の黄が光る。
そんな一皿のたたずまいが違って見えた。どの漬物も思い出のようだった。それぞ
れに材料と漬かる時が違う。なのに、こうして同じ皿の上で、ひとしなみに寄り添う
ように並べられている。
箸を伸ばし、口中に投じれば、思い出がよみがえる。味のしみた漬物が、こりっと
音を立てる。
甘いものもあれば、少々苦いものもある。塩の効いたものもある。それもまた、思
い出の一皿であるかのようだった。
松助は語る。
「気が早いですが、年季が明けてひとかどのあきんどになったら、一緒に酒を呑もう
やと言ってたんです。そうしたら、あいつは、『あの席がいいな、おとっつぁん』と、
ここを……」
とん、と指でたたく。
ここにはいない末吉の猪口が、わずかにふるえるように動いた。

「それで、こちらの席を」

　おちよが言う。

「ええ。一度座ってみたくてねえ」

　松助は徳利をつかんだ。

「や、これは」

　辰蔵が受ける。

　松助はややためらってから、息子のために置いた猪口を手に取った。

　呑み干し、置く。

　そして、静かに徳利を傾けた。

「呑め」

　そこに末松が座っているかのように、松助は言った。

「もう大きゅうなったから、呑め」

　隣でおたきが箸を置き、顔を覆った。

「ちょいと、はばかりに……」

　いくぶんかすれた声で辰蔵がそう断って、見世の裏手にある後架《こうが》へ向かった。席が一つ空いた。

「ごめんなさいよ、こんな湿っぽい話で」

「いえ」

それきりまた話が途切れる。

「それで、もうあらかた回られたんですか？」

おちよが話を継いだ。

「ええ。ここが二巡り目の皮切りで……しまいにしようかと」

「おしまいに」

「こいつともよくよく話をしたんですが、いつまでも思い出の場所を回っていても、せがれは喜ぶまいと」

「悲しいだけ、ですからね」

おたきがぽつりと言った。

悲しいだけ、という短い言葉に、時吉は打たれた。

本当に悲しいことがあったとき、人は言葉をなくしてしまう。

(そうだ。

悲しいだけ、だ……)

「かといって、あいつだけが心の頼りだったたし、もう老い先の短い身、これといった望みも見当たりません。ただ、二人ともまだ足はどうにか動いてくれるもので、西のほうへ遍路の旅に出ようかと思っています」

松助はそう言って、今度はわが猪口の酒を呑んだ。

そして、ふと風に驚いたような顔つきで言った。

「ふしぎなものですね。せがれが大きくなって、ここに座ってるような気がします。もうずいぶんと背が伸びてね」

「あの世は時の流れが違うでしょうから、そうかもしれませんよ。本当にここへお見えになっているのでは？」

包丁を研ぎ終えた時吉は、穏やかな口調で言った。

松助はしばらく考えていた。行灯の灯りにぼんやりと照らされている檜の一枚板を、しみじみと見つめていた。

そして、半ば独り言のように言った。

「……そうかもしれない」

隣に置かれた猪口を手に取る。

呑む。

一気に空にすると、松助はまた徳利をつかんだ。

「呑め」

今度はいくらか多めに注いだ。猪口は酒であふるるがごとくになった。

辰蔵が戻ってきた。

「いい月が出てたよ」

ことさらに明るんだ声で、隠居は言った。

「いつのまにか晴れたんですね」

と、おちよ。

「ああ、それに、蛍が飛んでたよ。もうそんな季節なんだねえ」

「へえ、蛍が」

時吉は見世の入口のほうを見たが、むろん表へ出なければ分からない。

「おまえさん、そろそろ」

おたきが思い切ったように言った。

「ああ……ただ、残しちゃ後生《ごしょう》が悪い」

「余りましたら賄いにしますので、どうかお構いなく」

おちよがあわてて言う。

「でも、白和えだけはいただいておかないと。どうも胸が詰まって箸が進まず、ごめんなさいよ」

松助は小鉢に残ったものを口に運んだ。

薄切りにされた胡瓜《きゅうり》を、さく、とかむ。

「お麩《ふ》が入ると、また食べ味が変わってくるんですがね」

常連の辰蔵が言った。

「利休麩にお湯をかけてから長細く切って混ぜるといい感じになるんですが、あいにく切らしておりまして」

と、時吉。

「胡麻をよく練って、一緒に擦ってもおいしいんです」

おちよがすりこぎを動かすしぐさをした。

「……おいしい」

ややあって、おたきがぼそりと言った。

悲しいだけ、と同じだ、と時吉は思った。

ほかに言葉はいらない。

そのひと言だけでいい。

「ああ、うまいな」

松助も和す。

「酸橘《すだち》などをちょいと絞って入れたりもするんですが、今日は賄いみたいな品になってしまいました」

「なに、この素朴さがいちばんかもしれません。和え物になっても、豆腐は死んじゃいない。しっかりと生きてる」

「出入りの豆腐屋さんがいい仕事をなすってるので」

「いい仕事を……」

松助はそう繰り返すと、一つだけ箸がついていない小鉢に目をやってから言った。

「……したな、おまえも」

そして、残りの白和えを食し、静かに箸を置いた。

おたきも置く。

「ごちそうさまでございました」

「ほんに、ありがたく」

のどか屋を最後に、老いた夫婦の思い出巡りの旅は終わった。

ほどなく、一枚板の席が空いた。

白和えの小鉢と、酒の注がれた猪口だけがあとに残された。

五

松助とおたきはのどか屋を出た。

住まいは同じ神田でも須田町《すだちょう》だから、いくらか歩く。

「なら、わたしはここで」

辰蔵が控えめに右手を挙げた。

「ありがたく存じました」

松助が頭を下げる。

「どうか、お達者で」

隠居は情のこもった声で言った。

一枚板の席に隣り合わせたのも何かの縁だが、おそらくこれが一期一会《いちごいちえ》になってしまうだろう。それが分かっているから、いやでも言葉に重みがかかる。

「ご隠居さんこそ、お達者で」

「ああ、どこかでまた、縁があったら」

「はい」

「じゃ、時さん、おちよさん、また近いうちに」

「お待ちしております」

「お足元にお気をつけて」

のどか屋の二人の声に送られて、辰蔵は去っていった。

いくぶんうるんだ月だった。その明かりが、行く手の道をぼんやりと照らしている。

ただし、夜道だ。ぬかるみや壊《く》えがなくもない。提灯の灯りで足元をたしかめながら歩かなければならなかった。

もう一つ、灯りがあった。かそけき光が道を照らしていた。

「あっ」

と、おたきが指さす。

「ほんに」

おちよも和す。

隠居の言ったとおりだった。蛍が舞っていた。

いくつもの蛍が群れをなして飛び交っているのではない。川筋から風に吹かれて迷いこんできたのかどうか、心細そうな光を放つ蛍がただ一匹、闇の中を低く飛んでいた。

「では、このへんで」

松助が頭を下げた。

「いつ、お遍路の旅に発《た》たれますか？」

時吉はたずねた。

「まだ決めていませんが、もう江戸にとどまるわけもなくなったので、支度が調いしだい草鞋《わらじ》を履こうかと」

「その節は、あらためて。ねえ、おまえさん」

おたきが言う。

「そうだな。またごあいさつにうかがいます」

「お待ちしております」

「お弁当は？」

おちよが時吉の顔を見た。

「ああ、そうですね。餞別《せんべつ》代わりにおつくりしますよ」

「ありがたく存じます」

老夫婦はまた腰を折った。

時が来た。

蛍が流れていく。闇の芯のほうへ飛んでいく。

「では、これで」

「おやすみなさいまし」

「ありがたく存じました」

最後におちよが笑顔で言った。


松助とおたきは、しばし無言で歩いた。

老いた夫が提灯で行く手を照らしてやる。そのおぼろげな輪の中に、迷い蛍がときおり思い出したように入ってきた。

まだ起きている家もある。戸のあわいから灯《ひ》が漏れてくる。細い掘割を渡るようにそれを越えると、また道が暗くなった。

「ついてきますよ、おまえさん」

おたきが蛍を指さした。

「そうだな」

「蛍にも、親がいるんでしょうね」

「そりゃいるだろう。生《しょう》のものには、親がいる」

「いまごろは、心配してるよ」

おたきは蛍に話しかけた。

光が揺れる。応《こた》えるかのように弧を描く。

「あの蛍……」

松助はそこで言葉を呑んで、歩みを止めた。

おたきも黙る。

苦楽をともにしてきた老夫婦は、同じものを見て、同じことを考えていた。

蛍は舞う。

弱々しいが、群れからはぐれてきた一匹の蛍は、たしかに闇の中で光っていた。

蛍火の道に、一人息子を亡くした夫婦がたたずむ。

それぞれの思いを胸に秘めて、同じ灯りを見ている。

(あの見世で……のどか屋で、本当に一緒に呑んだような気がする。大きくなった末吉と、一枚板の席で、差しつ差されつしながら酒を酌み交わしたような気がする。

末吉は、立派になった。

線香の匂いが肌にしみてこそ一人前だ。それまでは、何があっても我慢して励め。

萬屋の人たちは、旦那さんもおかみさんもみなよくしてくれるだろうから、言うことをよく聞いて励め。

そう言い聞かせて送り出したのが、ついこないだのようだ。

末吉は、大きゅうなった。もうひとかどのあきんどの顔だ。

そのせがれと、一枚板の席で酒を呑んできた。積もる話をした。

そんな気がする……）

風が通り過ぎていく。

蛍の火が揺れる。

（ずいぶん長い時が経ったね、末吉。

母さんはまだ持っているよ、あの櫛《くし》を。

御店へ奉公に上がる前に、草市で買ったと言って、おまえは母さんに櫛をくれたね。どこにでもあるような黄柳《つげ》の櫛だけど、母さんはとってもうれしかった。おまえがお駄賃を貯めて買ってくれたものなんだからね。

でも、しばらくは悲しくて、櫛を手に取れなかったよ。どうしたって、おまえを思い出してしまうからね。

死んだらお棺に入れてもらおうと、ずっと大事にしまってた。あの櫛を、帰ったら髪に挿《さ》してみようと思うよ）

たった一つの蛍火に向かって、おたきはゆっくりとうなずいた。

風が舞う。

ほどなく、強からぬ風にあおられ、蛍の火がふっとゆらいだ。

力つきて、地面に落ちそうになった。

「あっ」

おたきが短い声をあげる。

蛍はまた弱々しく飛びはじめた。

「末吉よ」

松助は語りかけた。

「そこはぬかるんでるぞ。気をつけろ」

父は提灯で照らしてやった。

ああ、そうだった、と思い出す。

(まだよちよち歩きだったころ、近くのお不動様の縁日へつれていった。

肩ぐるまをして歩いた。かざぐるまを買ってやったらずいぶん喜んで、ふうふう息を吹きかけて遊んでいた。耳元でからからとかざぐるまが回る音が、いまでも聞こえるような気がする。

それから末吉を下ろして、いまみたいに足元を提灯で照らしてやって歩かせた。おっかなびっくり、足元をたしかめながらあいつは歩いていた。

気をつけて帰れ、末吉。

あの世は遠かろう。

途中で道に迷うんじゃないぞ。

転ぶんじゃないぞ、末吉）

提灯の灯りが揺れる。

それに和すように、またひとしきり蛍が舞う。

母は思う。

ほんのわずかな点のようになってしまった息子に向かって、心の中で語りかける。

（来てくれたのかい、末吉。

あの世は心細くないかい？

でも、無理をしておくれでないよ。わざわざ来てくれなくたって、母さんも父さんも、じきに行くからね。

それまで、待っててておくれ。

風邪を引かないように）

蛍火が揺れる。

母の内心の声に応えるかのように、小さなたましいのごときものは闇の中でふるふると揺れた。

やがて、定《き》められた時でも来たのか、蛍は飛んでいった。少しためらいながら、元来たほうへ去っていった。

「気をつけて帰れよ」

松助はそう言って、提灯を上げて蛍の行く手を照らしてやった。

「さよなら、末吉」

おたきがわずかに手を挙げた。

蛍は飛んでいく。

闇の芯へと引きこまれていく。

その一点の灯りが闇に溶けるまで、松助とおたきはじっと見守っていた。

「この陰膳、どうしましょう」

おちよがたずねた。

白和えの小鉢が一つ、一枚板の上に手つかずのまま残っている。

「末吉さんのものですが、捨てるのももったいないですね」

「じゃあ、あたしが」

「おなかがすきました？」

時吉は笑ってたずねた。

「ちょっとね」

おちよが軽く舌を出した。

のどか屋の一日のしまい方はさまざまだ。客の波が引けたら、早めにのれんをしまうこともある。なにより、ろくに出すものがなくなってしまったら、見世を開けているわけにはいかない。

逆に、仕込んだものがたんと残っているのに、急な雨などで客足が絶えてしまうこともある。そんな晩に、いつまでも未練気に開けていても仕方がない。とっとと閉めて、足の早いものは賄いにする。

火を落としていないときは、おちよの労をねぎらうため、一枚板の席に座らせて時吉が特別な料理をつくることがある。ただし、新たに思いついた料理の舌だめしだったりするから、あきないをまったく忘れているわけではなかった。

しかし、今夜はいくらも材料が残っていなかった。裏手の物置の中には、保存の効くものをいろいろと細心の注意を払って蓄えてあるが、むろんわざわざ取り出して使うわけにはいかない。松助とおたきの旅立ちの弁当に何を入れるか、とりあえずは頭の中で絵図面を引くしかなかった。

「お酌しましょうか？」

白和えを半分ほど食べたところで、おちよが時吉にたずねた。

板場に立っているときは、客からすすめられても断っている。酒が入ると味が微妙にぶれてしまうからだ。その微妙なところで塩加減などが変わる。

その代わり、寝酒は呑む。朝は早い。売り物だからあまり上等な酒には手を出さないが、軽く晩酌をしてから寝る。片付けを終え、ほんの一合も呑めば、二階へ上がって休む。つましい暮らしぶりだった。

ときにはおちよがお酌をしてくれる。おちよも呑む。どうかすると、時吉より強いくらいだ。

今日の客の話や料理の評判など、時吉の耳に届かなかったことを、おちよは伝えてくれる。それもまた明日の糧《かて》となっていた。

だが、今日はお酌をやんわりと断り、酒徳利を一枚板の席に持ってきた。ほかの客の話より、いま別れたばかりの老夫婦のことをしみじみと考えていたかった。そして、餞別代わりの弁当のことも。

（ただのお弁当なら、いくらでもつくれる。

長い遍路の旅に出るお二人の門出の料理になる。それにふさわしいものにしなければならない。

できれば、ひとたび胃の腑に入っても、舌が長く憶えているような、あるいは、名前や味が心に残るような料理にしたいものだが……）

そんなことを考えながらふと一枚板の席を見た時吉は、ささやかな異変に気づいた。

違う。

たしかに、違う。

「どうかしました？」

時吉の顔つきを見て、おちよがたずねた。

「この猪口の酒、もっとあったような気がするんです」

陰膳の猪口に、松助は酒をなみなみと注いだ。本当なら、成長した末吉が呑むはずだった酒だ。

そのかさが、減っていた。

「間違えて安房屋のご隠居さんが呑まれたとか」

「いや、そういった粗忽《そこつ》なことはされない方なので」

「とすると……」

二人は黙った。

遠くで猫がないた。えさをもらいにくる猫なのかどうか、いやにものさびしいなき声だった。

時吉は猪口を手に取り、中の酒を少し揺らしてみた。

乏しい灯りを受け、酒がさざめく。

その水面《みなも》をしばらくながめていた時吉は、一気に呑み干した。

五臓六腑《ごぞうろっぷ》にしみわたるような酒だった。

その一杯の酒を呑んだとき、時吉はふっと我を忘れた。

同時に、長かった年季奉公が明け、老いた父とこの一枚板の席で酒を酌み交わした青年の思いが、ついいましがたの出来事のようにありありとよみがえってきた。

「あ」

短い声をあげ、おちよが表に向かった。

時吉も続く。二人はのどか屋の外へ出た。

ひとすじの道が続いていた。人気《ひとけ》が絶えた月あかりの道に、べつの光が見えた。揺れながら遠ざかっていく、あえかなものがあった。

蛍だ。

風に吹かれて、ぽつんと一つ、たましいのごときものが流れていく。

「あれ」

と、おちよが指さす。

時吉はうなずき、黙って両手を合わせた。

そのとき、ふとひらめくものがあった。餞別代わりの弁当に入れる新たな品を思いついたのだ。

蛍和え。

ただの白和えではない。銀杏《ぎんなん》の実が入っている。

季《とき》は秋だが、裏手の物置に保存し、一部は塩蔵《えんぞう》してずっと小出しに使ってきた。銀杏が主役を張ることはない。おおむね茶わん蒸しなどの脇役だ。ゆえに、一時《いちどき》にごっそり減ることはなかった。

その銀杏もおおむね尽きようとしている。これが最後のつとめになるだろう。

銀杏の実がかたどるのは、あの蛍の光だ。白和えにさりげなくひそませれば、ほろ苦さが生きる。味醂《みりん》を入れて、いつもより衣を心持ち甘くすればいい。それで蛍が生きる。

「思いつきましたよ、おちよさん」

飛ぶ蛍の動きを目で追いながら、時吉は言った。

「お弁当のお料理を？」

それと察して、おちよが問う。

時吉が蛍和えの思いつきを手短に語ると、おちよの顔が一瞬晴れた。

「いいわね、光があって」

「食べていただければ、胃の腑の中でも光ってくれるような気がします」

少しずつ遠ざかっていく蛍の灯りを見ながら、時吉は言った。

「あっ、あたしも思いついた」

「俳句ですか？」

おちよはほほ笑んでうなずいた。

ここには墨も紙もない。思いついた句を、おちよは静かに唱えた。

「……蛍火や暗き道にもうすあかり」

そのうすあかりが消えていく。

闇にまぎれていく。

「もう一句……蛍火のみちびく道のかすかかな」

その道は終わりではない。

遠く続いている。

どこかはるかな場所へと続いている。

旅は続く。続くだろう。

鈴を鳴らしながら歩む二人の老いた遍路に、日が暮れれば、またどこからともなく蛍が現れてひっそりと寄り添うだろう。

ほどなく、蛍は闇に呑まれて見えなくなった。

「毎度ありがたく存じました」

おちよが小声で言った。

「ありがたく存じました」

時吉も和した。

そして、蛍が消えたばかりの闇のほうへ静かに頭を下げた。

第三話　「う」はうまいものの「う」

一

秋は立ったがまだ名のみの頃合いに、江戸では激しい雷雨があった。

この世の終わりのような雨が一時《いっとき》あまり降りつづき、小日向《おびなた》から番町《ばんちょう》に至るまで、八百万《やおよろず》の神々が怒《いか》っているがごとき雷が続けざまに落ちた。

正月の大火から数珠《じゅず》つなぎに起きる災いに、江戸の人々はこぞって閉口した。

「もういい加減にしておくれ」

「こりゃ、みんなでお百度でも踏んだほうがいいぜ」

「世の中、当たり前がいちばんだな」

そんな声がほうぼうで出た。

ようやく雷雨がおさまり、明けて日の光が戻った。災いの後始末が一段落すると、人々の心はのどかさを求めるようになる。

その一つが、三河町の一角にあった。

表の障子戸には、墨で「の」と書かれている。のどか屋の「の」だ。

閉まれば、二つの「の」がちょっと笑みを浮かべた人の目のように見える。おかげで、ひと声かけて見世の前を通り過ぎていく者も多かった。

「こんちわ」

「今日もいい日和《ひより》だね」

「あんたのとぼけた顔を見てると、こっちまでのどかになるよ」

「まったくだ」

しかし、暦の上では秋に入ったとはいえ、江戸の七月はまだまだ暑い。障子戸なんぞを閉めたりしたら、暑気がこもってやりきれない。

かくして、のどか屋の呼びこみめいた男の顔は消えたが、べつのものが客の気を引くようになった。

と言っても、人ではない。

猫だ。

のどか屋でえさをもらい、見世先で昼寝をするようになった例の猫に、とうとう名前がついた。時吉が考えたのではない。おちよでもない。見世の前を通る人たちが勝手にそう呼ぶようになったのだ。

「いい按配《あんばい》に晴れたね、のどか」

「のどかはいいねえ、なんにもやらなくてもおまんまをもらえてよ」

「お、ごろごろ言ってるぜ、のどか」

なんのことはない、のどか屋ののどかになってしまった。

ちょうど酒樽が空いたので、その上に木箱を載せてやった。箱には「のどか」と書いた。猫獲りに捕まって三味線にでもされたら大事《おおごと》だから、おちよが鈴をつけてやった。赤い紐がついた、しゃらしゃらとよく鳴る鈴だ。

それでずいぶんと飼い猫らしくなった。存外《ぞんがい》に賢い猫で、見世の裏手に猫用の後架をしつらえてやると、すぐ覚えてそこで用を足すようになった。

夜は相変わらずどこぞかへ出歩き、寄り合いに顔を出しているようだが、昼はおおむね寝ている。暑すぎる日は箱に入らず簾《すだれ》の陰にいる。日差しがいくぶんやわらぐと箱に移り、道行く人になでてもらって喉をごろごろ鳴らす。

腹が減ると、ないてえさをくれと訴える。おちよか時吉が与えたら、またひとしきり喉を鳴らす。そしてまた寝てしまう。まったく結構な暮らしぶりだった。

さて、福猫というものがある。猫は家につくと言うが、住み着いたところに福をもたらす猫をそう呼ぶ。

どうやら、のどか屋にとってののどかは福猫だったようだ。その証しに、木箱に「のどか」と書かれてほどなくして、うれしい知らせが舞いこんできた。

のどか屋が、初めて料理屋の番付に載ったのだ。

前頭《まえがしら》の下のほうだが、「三河町　のどか屋　よろづ」と書かれていた。鰻や茶漬など、これ一つという見世ではないから「よろづ」だ。

べつに根回しをしたわけではなく、人の口の端《は》に料理の評判が上った末の番付入りだから、こんなに喜ばしいことはない。時吉とおちよは、さっそく近くの出世不動へ御礼参りに行った。

番付に載ったことで、新たな客がずいぶん増えた。昼の書き入れどきはただでさえ忙しいのに、それこそ猫の手も借りたいほどになった。

飯を多めに炊き、休む間もなく手を動かしても、客は次から次に来る。運び手がおちよだけでは足りず、見かねた常連が手伝いを買って出る始末だった。

そしてとうとう、粗相《そそう》をやらかした。二階の小さな座敷へ膳を運ぶ途中で、急《せ》くあまりおちよがつまずいて盆をひっくりかえし、下にいた客の頭へ盛大にぶちまけてしまったのだ。

幸い、怪我はなかったが、さすがにこれはまずいと思った時吉は、時分どきだけお運びをつとめてくれる娘を探すことにした。

桂庵《けいあん》（口入れ屋）に頼むと、まもなく一人の娘が紹介されてきた。

客を相手にするあきないだから、あまり陰気なのは困る。むやみに売り声などはあげなくていいが、「いらっしゃいまし」「毎度ありがたく存じました」の声だけは気持ちよく出してほしい。それに、感じのいい笑顔があればなおいい。

そういう望みにかなった娘が、のどか屋に加わった。

その名は、おつう。

小料理のどか屋に、猫ののどかと娘のおつう、新たな顔が加わった。

「今日も忙しかったね。ご苦労さん」

檜の一枚板の席から、隠居の季川が声をかけた。

「なかなか、そうめんを冷やしきれませんで」

時吉が残念そうに答えた。

そうめんは裏手の井戸でよく冷やしてから出していたのだが、今日は蒸すから注文が多かった。やむなく生冷えで出さざるをえなかったので、料理人としては忸怩《じくじ》たるものがあった。

「でも、ゆで加減やつゆは申し分なかったんで」

同じく一枚板の席から声を発したのは、櫛師の伊豆助《いずすけ》。新顔の常連だ。のどか屋が番付に載るや、すぐのれんをくぐった客だった。

なかには一見《いちげん》で終わってしまう者もいるが、のどか屋の味と雰囲気がよほど気に入ったらしく、伊豆助は二度、三度と足を運んでくれた。一枚板の席にも臆せず座り、時吉やおちよに話しかける。もういっぱしの顔になっていた。

「付け合わせもなかなかでしたよ」

季川もなだめる。

「そうそう、椎茸の甘辛く似た感じが江戸風で」

伊豆助も和した。

名前に伊豆がついているが、酔うとたまに西のほうの訛《なま》りが出る。味も上方《かみがた》で育ったらしく、「江戸風」に妙な感心をすることがあった。

「そう言っていただけると助かりますが、どうもいま一つでしたね」

時吉が首をかしげたとき、二階から階段を下りてくる足音が聞こえた。時吉の部屋で着替えを終えたおつうが、おちよとともに下りてきたのだ。

「ご苦労さま」

時吉が声をかけた。

八つ（午後二時）過ぎになれば客の波も引いて穏やかになる。あとは時吉とおちよだけで切り盛りできるから、おつうはわが服に着替えて帰路に就《つ》く。

「今日もちょっとしくじっちゃって、ごめんなさい」

おつうはぺこりと頭を下げた。

かわいく結綿《ゆいわた》にした髪と、おちよとおそろいの赤い茱萸《ぐみ》をかたどったかんざしも一緒に動く。

「はは、どんなしくじりだったんだい？　おつうちゃん」

隠居が問う。

「座敷と二階のお客さんのご注文がごっちゃになっちゃって、違うところへ運んじゃったんです」

「そんなの、あたし、しょっちゅうやってるから」

おちよがそう言ったから、のどか屋に笑いの花が咲いた。

おちよの思いつきで、おつうとそろいのいで立ちで見世に出ている。まだ暑いから着物は麻《あさ》、それに赤いたすきをかけるようにした。そこにも「の」の字が染め抜かれている。こうすれば、一見の客にも分かりやすく、注文も早く通るだろうという読みだった。

かくして、おちよが姉、おつうが妹という風情で、のどか屋の看板娘をつとめるようになった。おちよは糸物問屋の因業《いんごう》な姑《しゅうとめ》と折り合いが悪くて出戻ってきたのだが、年増《としま》でもずいぶんと若く見える。それをいいことに、新しい客の前ではしれっと娘の顔をつくっていた。

「じゃあ、今日はこれで」

しばらく油を売っていたおつうは、客が入ってきたのをしおに明るくあいさつした。

目尻が少したれていて美人とは言いかねるが、笑うと右のほおにえくぼができる。なかなかに愛嬌のある顔立ちで、しゃべり方もはきはきしているから、いい子を紹介してもらったと時吉とおちよは喜んだ。

「ああ、気をつけて」

「またあした、よろしくね」

「はい」

きびきびした足取りで、おつうは出ていった。

「いい子を入れてもらったねえ、おちよさん」

季川が言う。

「ほんに、妹ができたみたいで」

「あの子のおとっつぁんは何をやってるんです？」

伊豆助がたずねた。

「それが……おとっつぁんは仏師の修業をすると言ってふらりと出ていったきりゆくえ知れず、帰りを待っていたおっかさんは去年急な病で亡くなって、いまは一人で暮らしてるそうなんです」

おちよが答える。

「そうかい。そりゃかわいそうに」

「帰ったらまた針仕事に励むそうだ。一人で食っていかなきゃならないんだから大変だねえ」

と、隠居。

「でも、長屋のみなさんがよくしてくれるって笑ってました。ほんとに心映えのいい子で。おっかさんの形見を肌身離さず持っててねえ」

「形見って、櫛とかそういったものですかね」

　櫛師の伊豆助がちょいと小首をかしげてからたずねた。

「それが、一風変わったものでして。おっかさんが書いた手習いの見本なんです。こないだ、時吉さんと一緒に見せてもらったんだけど」

「娘さんが小料理屋につとめるのを見越したみたいな見本でした」

　手を動かしながら、時吉は謎をかけるように言った。

「そりゃ、まだ拝見してないね。どんな見本だい？」

「こんな見出しになってるんです。『「う」はうまいものの「う」』」


　その見本の実物は、日を改めて披露されることになった。

　風にそこはかとなく秋の気配が交じるようになったある日、一枚板の席には伊豆助と常連の職人衆が陣取っていた。職人衆は朝早くから仕事に精を出してから早じまいにしたようだが、隠居でもあるまいに、伊豆助は昼日中から酒を呑んでいる。もっとも、櫛師にはいろいろと分担があって、休みが多いのかもしれなかった。

　一枚板では、だれがいちばん学があるかという、らちもない話になった。職人衆は仮名なら書けるが、字になるといくらも書けないらしい。その点、伊豆助はどこで習ったものか、わが名をはじめとしてさらさらと綴ってみせた。

「参ったねえ、あんた、職人にしとくのはもったいねえよ」

「そうそう。ここのあるじが、料理人にしとくのはもったいねえのとおんなじだ」

「いまでこそのどか屋の時吉さんだが、元をただせばれっきとしたお侍《さむれえ》だからな」

「それも、出世を断って刀を捨てたんだから、てえしたもんだ」

職人衆はそう言って持ち上げたが、侍が嫌いなのかどうか、伊豆助は妙に押し黙ったまま何も言わなかった。

「おつうちゃんも、結構字を書けるんですよ」

厨《くりや》に戻って、紫蘇飯《しそめし》を運びにきたおちよが言った。

「へえ」

「手習いにでも通ってたかい」

「いいえ、おっかさんの形見の手習いの見本があるんです」

そんな話をしているところへ、おつうが空いた皿を運んできた。

「ちょいと拝ませてもらえねえかい、おつうちゃん」

「おれらも、もうちっとばかし学を積まねえとな」

おつうは少し迷っていたが、おちよが「見せておやりなさいな」と目で合図をしたから、肌身離さず持っている大事な形見を取り出した。

　さほどかさ張らない畳紙《たとう》の中に、手習いの見本をたたんで入れてある。なかなかに上等な紙に、達筆とは言いがたいが分かりやすい字でこうしたためてあった。

「う」はうまいものの「う」

つらつらと　かきつらねますのは
うまいものづくし
のりめし　あさくさのりをあぶりて　こまかにもみて飯にかける
おにがらやき　いせえびや車えびを　からをとらず　山《さん》しやうせう油でつけやきにするなり
とうふめし　とうふをまぜた飯　すまし汁をかけ　のり　わさび　ちんぴ　芥子などのやくみをかけるべし
うらじろしひたけ　しひたけのうらに　魚のすり身をぬりゆでる
はこずし　すし飯を箱に半ばいれ　正油でにたしひたけをこまかに切りてのせる　さらに飯をかぶせ　玉子やき　鯛の刺し身　あはびなどをのせてふたをし　押して切る

なり　押しずし　切りずしとも
なんばんに　もろもろを南蛮ふうににたもの　油でいため　たう辛子やねぎなどをく
わへてにるべし
ごばうもち　牛蒡《ごぼう》をゆでてたたき　こまかにさきてよくするなり　米粉とさたうをま
ぜてゆで　ごま油であげたものを　さたう湯でにるべし
しじみめし　くちなしの煮出し汁にて黄飯をたき　しじみをまぜるなり　しじみをた
きこみ　すまし汁をかけるもよし
のつぺい　鳥やとうふや人参大根などをにて　くず粉にてとろみをつけるなり
まつかぜやき　鯛や豆腐やはんぺんよろづよし　おもてをやき芥子の実をふるべし
つつみたまご　紙にて茶巾をつくり　たまごをわりこんで　こよりにて口をとめてゆ
でる　紙をとりしのちは　のり　くずと青のり　白さたうなどで食すべし
ざぜんまめ　よくにた黒豆なり　甘辛二つ好みにて
うはうまいものの「う」　めでたきかな　めでたきかな

「おつうちゃん、鯛も牛蒡も書けるからびっくりしたんだけど、こんないいお手本を
持ってたのね」

おちよが言った。

「そりゃすげえや。おいらなんて、鳥でもややこしくって覚える気になんねえや」

「おめえは鳥目だからよ」

「なんの関わりがあるんでい」

職人衆が掛け合う。

「でも、ここに出てこないむずかしい字はあんまり書けないので」

おつうは母の手習いを指さした。

「これだけ書けりゃ上等だよ」

伊豆助が笑みを浮かべる。

「それはそうと、つばが出てきそうな手本だな」

「ちょうどいいや、時さん、ここから何かつくってくれよ」

「おう、おめえもたまにはいいこと言うじゃねえか」

「承知しました。ただ、仕込みに時がかかるものはできませんが。座禅豆とか」

手本をもう一度ざっと見てから、時吉は答えた。

「座禅豆って、どうしてそんな名前になったんでしょう」

伊豆助がたずねた。

「お坊さんは長いあいだ座禅を組まなければなりません。そのときに、この豆を食べておけば、はばかりに行きたくなくなるからっていう話です」

「へえ」

「聞いてみるもんだね」

「では、もう一つ、名前に由来のあるものをおつくりしましょう」

と、話がまとまったとき、のれんをはらりと分けて様子のいい男が入ってきた。

鎌倉町の半兵衛だ。

このあたりを縄張りにしている十手持ちで、まげも服もすきがない。煙管《きせる》や根付けの色と帯を合わせるくらいの凝りようで、今日もちらりと覗く紗綾《さや》型の裏地が粋だった。

「繁盛してるな」

渋い調子で声をかける。

「おかげさまで」

「新顔かい？」

おつうをちらりと見てから、半兵衛はおちよに声をかけた。

「ええ、昼のいい頃合いまで手伝ってもらってます」

「つう、と申します」

手本をたたんで、ぺこりと頭を下げた。

「鎌倉町の半兵衛だ。それは？」

「はい。おっかさんの形見の手習いの手本です」

「ほう、そりゃ珍しい話だな。ちいと見せてくれるか」

おつうは少し恥ずかしそうに紙を渡した。

十手持ちがあらためているあいだ、職人衆は伊豆助に、鎌倉町の半兵衛の自慢をしていた。

「大江戸八百八町、広しといえども、鎌倉町の半兵衛の上を行く十手持ちはいねえさ」

「なんつっても、おつむの出来が違うからねえ」

「そうそう。勘ばたらきにかけちゃ、親分さんの右に出る者はいねえ」

口々に持ち上げてみせる。

「ほめてもなんにも出ねえぞ。……お、すまなかったな」

いくぶんかたくなっているおつうの手に、十手持ちは母の形見を戻した。

「これが何か引っかかりでも？」

代わりにおちよがたずねた。

「いや、一風変わったことがありゃ、なんにでも首を突っこんでみるのが習い性になってね。ともかく、繁盛で結構だ」

「親分さん、お食事は？」

「ちいとよそであがってきた。また寄せてもらおう」

「忙しそうですが、何か事でも？」

「助金《すけがね》をかすめ取ろうっていう不料簡なやつが、このところうろちょろしてるらしくてな」

「助金というと？」

「夏の出水で村が難儀してるので、どうか助金を、と人の情に訴えて、てめえのふところへ入れちまうやつがいるらしい」

「そりゃ、不料簡の極みだな」

「地獄へ落ちちまえ」

「獄門でもいいぜ、そんな罰当たりは」

「畜生にも劣るぜ」

職人衆の顔に、さっと朱が散った。

「ま、そんなわけで、ほうぼうの見世へ触れて回ってる。ここにも来るかもしれねえが、そのときはよしなに」

「心得ました」

時吉は手を止めて答えた。

「あんたも新顔かい？」

半兵衛は、今度は一枚板の席に向かって言った。

「ここんとこ、通わせてもらってます。櫛師の伊豆助で」

「ほう……櫛師を」

目が動く。

「たいした腕じゃありませんがね」

「そのわりに、昼日中から呑んでいられるんだから、結構じゃねえか」

「こっちは貧乏暇なしだがよ」

職人衆が軽くからんでいった。

十手持ちはすっと目を切ると、時吉のほうへ歩み寄った。そして、小声で耳打ちをすると、

「邪魔したな」

粋にひと声発して、のどか屋から出ていった。

「ご苦労さまでございます」

その背におちよが声をかける。

十手持ちの足音が遠ざかっていく。その雪駄《せった》の音まですきがない、ともっぱらの評判だった。

「ありゃ、もてねえほうがおかしい。男のおいらの目から見ても、ずいぶんと様子がいいからな」

「なんつったって、あの夏越《なごし》の松蔵《まつぞう》をお縄にかけた親分さんだから」

「一時《いっとき》は評判でしたね」

と、伊豆助。

「そうよ。松蔵は人を殺《あや》めたりしねえきれいな盗賊だったんだが、手下に不心得者がいて、見世の女房に悪さをして殺しちまった。それを恥じた松蔵が、どうかお縄にかけてくだせえ、と手を差し出したのが鎌倉町の半兵衛だ」

「ま、捕り物でひっつかまえたわけじゃないんだが」

「しかも、潔《いさぎよ》い盗賊がお仕置きになっちまったので、親分さん、ちいとばかし後生《ごしょう》の悪そうな顔をしてたがね」

「鎌倉町の半兵衛の名が響いてなきゃ、松蔵だってわざわざお縄を頂戴しに出てこなかっただろう。神妙に出てきたのは、親分さんのおかげさ」

「ひっつかまえたのと同じで、てえした手柄だよ」

おととし、ずいぶんと話題になった盗賊と半兵衛の話で、職人衆はひとしきり盛り上がっていた。

「はい、お待ち」

時吉はできあがったばかりの皿を一枚板の客に出した。半兵衛の耳打ちを聞いていささか思案をしていたので、いくらか沈んだ声だった。

「酒を頼む」

二階の座敷の客が階段を半ば下り、水鳥《みずとり》を振った。

銚子と銚釐《ちろり》と水鳥、のどか屋ではよろずにそろっている。客の好みで使い分けてもらおうという心遣いだが、どの客がどの道具でと憶えなければならないから、余計な手間ではあった。

「はい、ただいま」

おつうがばたばたと動き出した。おちよは小上がりの客に膳を運ぶ。まだのどか屋の波は引かない。

「こいつは、豆腐だな」

「見りゃ分かるぜ。海老だったら驚く」

「いちいち突っこまなくていいさ」

職人衆がそう言いながら食べはじめたのは、水気を抜いた豆腐に薄く醬油《したじ》をつけて焦げ色がつくまであぶり、芥子《けし》の実を振った一見すると田楽風の料理だった。

「こいつはなんて言うんです？」

伊豆助がたずねた。

「松風《まつかぜ》焼きで」

「ああ、手習いの見本にあった……」

「どうして松風なんだい、時さん」

「松っぽい緑のものなんて、どこにも見えねえじゃないか」

職人衆は腑《ふ》に落ちない顔つきになった。

「種を明かせば、くだらない謎かけなんです」

「と言うと？」

「松風ってのは淋しい浦に吹きます。この焼き物は、表こそ焦げ目がついたところに芥子の実を振ってあるのでそれなりの景色ですが、裏は豆腐だけでいたって淋しい。

それで、『裏淋しい』から松風焼き、と」

「がはは、そいつぁくだらねえや」

「でもよ、豆腐がぎゅっと締まってうまいねえ」

「元の豆腐がいいんでしょうね」

伊豆助もほおばった。

「相模屋っていう、筋のいい豆腐屋さんが入れてくだすってるんで」

「井戸の水がいいんでしょう。もちろん、料理の腕も」

伊豆助は笑顔で言って、芥子の実がついた指を軽くねぶった。

その指を、時吉はじっと見た。

二

いくらか経ったある日は、夕方から雲行きが怪しくなった。

わずかに空に残っていた茜《あかね》色が雲に呑まれると、ほどなくして雨が降りだした。

「うわ、降られてしもた」

「かなわんな」

上方《かみがた》の訛りのある武士が二人、せわしなくのどか屋に入ってきた。

大和梨川藩の勤番の武士、原川新五郎《はらかわしんごろう》と国枝幸兵衛《くにえだこうべえ》だ。時吉がまだ磯貝徳右衛門《いそがいとくえもん》と名乗っていたころは、同じ禄を食《は》んでいた。奇《く》しき成り行きで、いまはのどか屋にときおり顔を出してくれている。

二人の武士は、一枚板の席に陣取った。小腹がすいたと言うので、時吉は海苔飯を出した。おつうの手習いの見本に載っていた料理だ。

「胡麻か削り節、どちらをお振りいたしましょう?」

「なら、胡麻で」

「それがしは削り節を」

偉丈夫の原川と、華奢な国枝、どことなくでこぼこした二人が答えた。

例のうまいものづくしをそのまま品書にするわけにはいかなかった。「おにがらやき」などは、師の長吉すら本式のものはつくったことがないらしい。なにしろ、伊勢海老や車海老に串を打ち、殻つきのまま遠火で気長にあぶってつくる料理だ。見てくれがいかついので、鬼殻焼きと呼ぶ。

もの の本によると、ときおりたまり醤油をかけながら、箸で「ほりほりとくだける」までにあぶりあげるまでには、ざっと二時《ふたとき》(約四時間)もかかるらしい。身の内側からじゅわっと味が引き出されてきてさぞやうまかろうが、そんなに客を待たせるのはできない相談だった。

というわけで、すぐできる海苔飯を出した。浅草海苔をさっとあぶってもみほぐして飯に乗せる。さらに胡麻か削り節を振り、すまし汁を張る。汁は甘めのほうが合う。最後に、醬油を、ちゅ《ちゅ》と差せばできあがりだ。葱や陳皮《ちんぴ》などの薬味をいくつか添え、器に凝ればそれなりの御馳走《ごちそう》にも化ける。

「こら、ええな」

原川が食すなり相好《そうごう》を崩した。

「まこと、江戸冥利《みょうり》に尽きますわ」

国枝も和す。

ちょうど伊豆助が入ってきた。一枚板の席に一瞥《いちべつ》をくれると、櫛師はおちよにひと言断ってから座敷へ上がった。そちらは相席になる。

「ところで……あるじ」

海苔飯を平らげ、猪口の酒を干したところで、原川が声を低くした。

その顔つきで分かった。何かまたあったらしい。

「実は、わが藩の下屋敷に火矢が射込まれた」

「火矢が？」

「さよう。幸い、ぼやで消し止められたのだが」

「上屋敷は十分に警備をしているゆえ、下屋敷を狙ったのでござろう。どうにも執念深いやつらだ、有泉の残党は」

国枝はそう決めつけた。

「おぬしのほうに何か変わったことはないか」

「……いまのところは」

少し間を置いてから、時吉は答えた。

気配を察したのか、おちよが案じ顔で見る。

「くれぐれも、気をつけられよ。誅《ちゅう》せられた有泉一族の残党どもは、いまなお逆恨《さかうら》みをしておる。われらに一太刀浴びせずんば、腹の虫がおさまらぬらしい。元はといえば、うぬらが私利私欲に走って藩政を誤らせていたというに、まっこと筋の通らぬ話だが……」

「もともと、人は筋の通らぬもの。なんにせよ、ご注意召されよ」

国枝は少し身を乗り出して忠告した。

「痛み入ります」

時吉はそう答え、ちらりと座敷のほうを見た。

二人の勤番の武士は、本降りにならぬうちにと、早々に腰を上げた。

片や、伊豆助は粘っていた。一枚板の席に移り、酒をちびちびと呑みながら居座っている。小降りになっても、のどか屋から出ようとしない。

あいにくの雨だ。足元が悪いから、今日は隠居も来ない。早じまいもやむなしという雰囲気になってきた。

「櫛師のなかにも、解かし屋やお六屋といった小分けがあると聞いたことがあるんですが、伊豆助さんはどれなんでしょう」

いささか考えるところあって、南蛮煮をつくりながら時吉はたずねた。

その道にくわしい人に訊《き》いてみたところ、櫛にはさまざまな種類があり、おのずと得手不得手が生じる。お六櫛と呼ばれる梳櫛をつくるのがお六屋、解き櫛や挿櫛などをつくるのは解かし屋、鬢《びん》浮かしは縦もの屋と、細かく分かれて呼び名も違っていた。

そのうちのどれをやっているのかとたずねてみたのだが、伊豆助はあいまいな顔つきで答えた。

「ま、仕事の話はなしにしましょうや。酒がまずくなるもんでね」

そう言われたら致し方ない。時吉は黙って引き下がった。

座敷にはまだ客が一組いた。伊豆助を加えた三人に南蛮煮を出すと、時吉はひと声かけてから火を落とした。

南蛮煮もおつうのうまいものづくしに入っていた料理だ。油で炒め、唐辛子や葱を加えて煮る。本当に南蛮でそんな食べ方をしているのかどうか知らないが、とにかくそう呼ばれていた。

「難波《なんば》煮と南蛮煮は違うんやねえ」

酔いが回ってきたのかどうか、伊豆助は西の訛りをちらりと出して言った。

「ええ。どちらも葱《ねぎ》が入ることが多いので、まぎわらしいのですが」

大坂の難波といえば、葱の産地として名が響いている。ために、葱を使った料理には「難波」をつけることが多かった。

「難波と南蛮、だいぶ離れてるが、ちゃんと人は住んでる。世の中には、ふるさとに住みたくても住めんようになってしまった人もたくさんおるからな」

伊豆助はそう言って猪口を伏せた。もう酒は終わり、というしぐさだ。

「今年はいろいろと災いがありましたから。お気の毒なことです」

「天の災いもあれば、人の災いもある。ま、いろいろやね」

伊豆助はそう言って、南蛮煮を口に運んだ。

豆腐と小茄子を油で炒め、酒と醬油で汁気がなくなるまで煮た。合わせたのは、穏当に葱と唐辛子だ。一度炒めた舌ざわりに、ぴりっとくるひと味がよく合う。

しかし、伊豆助は何も言わなかった。一枚板の客から「うまい」のひと言を引き出すことはできなかった。

「よしよし、いい子だね」

おちよはのどかにえさをやっていた。煮干しや削り節など、猫が喜ぶものは厨にいろいろある。

「あした、またお願いね。あんたは福猫なんだから」

そんな声をかけると、わかったとばかりに、猫はひときわ高く喉を鳴らした。

ほどなく、座敷の客が出ていった。のどか屋の客は、伊豆助だけになった。

時吉は包丁を研ぐ手を止めた。

おちよを見て、目くばせをする。

それで通じると思ったのだが、おちよはべつの意味に受け取った。

(もう見世じまいにするから、のれんをしまってください)

目でそう告げられたと勘違いしてしまったのだ。

おちよはすぐさま動き、のれんを中にしまった。

そのとき、伊豆助が豹変した。

俊敏に動き、ふところから合口《あいくち》を取り出す。

「よせ」

時吉は備えの棒をつかみ、厨から出た。

だが、遅かった。

伊豆助はおちよをうしろから羽交い締めにしていた。

「な、何するの！」

おちよが引きつった顔で叫ぶ。

「死にたいか」

伊豆助は腕に力をこめた。

合口が喉元に突きつけられる。

おちよは身動きができなくなった。動けば、喉笛を切られてしまう。

「やっぱりおまえは……」

棒を構えたまま、時吉はじりっと一歩近づいた。

「動くな」

伊豆助は凄んだ。

「もう一歩でも近づいたら、この女の命はないぞ」

その言葉は芝居ではなかった。

目で分かる。

本当にやるつもりだ。

「おまえは有泉の残党だな？」

時吉は問うた。

「よう分かったな、時吉。いや、磯貝徳右衛門」

伊豆助はもう国訛りを隠そうとしなかった。

「伊豆助の『いず』は有泉の『いず』や。傍流やが、おれも一族の血を引いてる。磯貝、おのれのせいや。一族郎党、ちりぢりになってしもた。おのれは有泉の恩を忘れ、家老派に寝返った。その恨み、残った者は決して忘れはせぬ」

「うぬら一族が権勢をほしいままにし、藩政を誤らしめていたのではないか。誅されたのは身から出た錆《さび》……」

「ほざくな！」

時吉の言葉を、伊豆助は鋭くさえぎった。

「おのれは、有泉家の跡取り娘のいねさまといいなづけになった。縁組がまとまっていた。その恩を忘れ、仇で返したんや」

「懐柔《かいじゅう》しようとした悪しき手を振り切っただけだ。あのとき、おれは無知の雲に包まれていた。それゆえ、無辜《むこ》の者を斬ってしまった。その罪は、いまだ忘れぬ」

「おのれの罪は、わが一族を滅ぼしたことや。いや、まだ滅んではいぬ。復讐の炎は、まだ消えてへんのや」

伊豆助は火の入った目で見た。

「下屋敷に火矢を放ったのもおまえか」

「そや」

「みな、おまえが一人でやったのか」

時吉が問うと、伊豆助は笑った。どこかたがが外れたかのような笑い声だった。

「おれだけやと思うなよ。有泉一族の底力を甘《あも》う見るな」

伊豆助はそう言い放った。

おちよが目で訴える。

光は失われていなかった。すきあらば、伊豆助の腕でもかんでやろうという目つきをしていた。

時吉は迷った。

棒でやにわに突きを入れ、そのすきに乗じておちよが伊豆助から逃れる。

そんな筋書きが浮かんだが、しくじれば一巻の終わりだ。

「棒を捨てろ。目障りや」

伊豆助はわずかにあごをしゃくって命じた。

もはや刀は捨てた。その代わり、のどか屋とおちよを守るために備えておいた堅い樫の棒だ。これを捨てれば、身一つで戦わねばならない。

「捨てんかい！」

逡巡していた時吉に向かって、伊豆助は大声を発した。

南無三《なむさん》、やむをえない。

時吉は棒を土間に放り投げた。

がらん、と重い音が響く。

しばらくかたまっていた猫ののどかが、見世の隅のほうへ逃げた。

「それでええ」

おちよの喉に合口を当てたまま、伊豆助はそろりそろりと近づいてきた。

「動くなよ」

さらに間合いを詰める。

時吉は伊豆助の目を見た。

敵の思惑は分かった。

まずおちよの喉笛を切り、続いて丸腰の自分に切りかかる。ひと息でやってしまおうと、いまは間合いを図っているところだ。

しかし……。

敵に先んじて攻めるわけにはいかない。おちよを犠牲にしてしまう。そもそも、攻めるべきものがない。武器がない。まったくの徒手空拳だ。

時吉は窮地に陥った。

「有泉一族は、地獄の底から這いあがるんや。その代わり、磯貝徳右衛門、おまえを地獄へ墜としてやる」

また間合いが詰まる。

じりっ、と詰まる。

「思い知れ」

伊豆助は地の底から響くような声を発した。

「有泉の恨み、思い知れ！」

そう叫び、いままさにおちよの喉笛を切り裂こうとした瞬間、その形相《ぎょうそう》が変わった。

「ぐわっ！」

伊豆助の顔が、だしぬけにゆがんだ。思いがけないところに、予期せぬ痛みが走ったのだ。

羽交い締めにしていた腕がゆるむ。

「逃げろ！」

時吉の声に応え、おちよが動いた。

ぎゃっ、と伊豆助が悲鳴をあげた。

おちよが右腕を振りほどき、やにわに左腕にかみついたのだ。

さらに、間髪《かんはつ》を容《い》れず、顔面をひじで打つ。それは過《あやま》たず、伊豆助の目に命中した。

「おのれ……」

よろめきながらも、伊豆助は体勢を整え直した。

だが、敵が合口を構える前に、時吉は素早く棒を拾い上げた。

「厨へ」

おちよに命じる。

時吉は伊豆助と対峙《たいじ》するかたちになった。

「覚悟せい」

伊豆助はなおも襲ってきた。

合口を横ざまに振るい、間合いを取る。すきあらば、ふところに飛びこんで刺すつもりだ。

しかし、時吉は見切っていた。

伊豆助の合口が空を切る。

その右目が腫《は》れていた。おちよのひじが当たったところだ。

動きで分かった。右が見えていない。

「食らえっ！」

手負いの伊豆助は、捨て身の攻撃を仕掛けてきた。

身をまるめ、合口を構えてまっすぐ突っこんでくる。

時吉はとっさに右へ動いた。相手の死角に入った。

そして、鋭く小手を打った。

「うっ」

合口が落ちた。
いまだ。
「鋭《えい》！」
と、ひと声、時吉は腹の底から声を発した。
上段から棒を打ちすえる。渾身の力をこめた一撃だった。
手ごたえがあった。
脳天をしたたか打ちすえられた伊豆助は、びくっと身をふるわせた。
さらにもう一撃、痛打を加える。
伊豆助の目から光が消えた。
のどか屋に現れた刺客は、ゆっくりと仰向けに倒れていった。
どうと音を立て、土間にうしろあたまを打ちつける。
伊豆助は、二度と起き上がることがなかった。

三

いい日和だった。

のれんをはためかせて、心地いい風が吹きこんでくる。それは檜の一枚板の席にもわずかに届いた。

「長吉さんは結局折れたのかい」

季川がおちよにたずねた。

「折れるも何も、あたしの気性が分かってるからあきらめてると思います」

「はは。危ない目に遭ったから、ここはもう剣呑、なんて後込《しりご》みはしないからね」

「あたしとしたことが、捕まるなんて不覚だったわ」

おちよはそう言って時吉を見た。

「わたしの合図があいまいだったもので、とんだ迷惑をかけてしまいました」

伊豆助に気をつけろ、と目で合図をしたつもりだったのだが、おちよはのれんをしまってくれという意味だと受け取った。そのわずかな行き違いが仇《あだ》となってしまったのだが、いまとなっては笑い話だ。

「のれんをしまいにいって、わざわざすきを見せちゃったんだから、馬鹿ね」

おちよが笑う。

客の波があらかた引いたから、おつうはあがりになった。豹変した伊豆助を退治した件は、若い娘に告げるのはどうかと思われたので話していない。

「それにしても、あの伊豆助が刺客だったとはね。てっきり、のどか屋が番付に載ったからのれんをくぐって、そのまま常連になったものだと」

「わたしも、親分さんに言われるまで怪しみもしませんでした」

時吉はそう言って、賽《さい》の目に切った豆腐を鍋に入れた。

鎌倉町の半兵衛は、さすがの勘働きだった。

伊豆助が櫛師だと聞いて、十手持ちはすぐさまおかしいと思ったらしい。

なぜなら、指に胼胝《たこ》がない。どういう櫛をつくるにせよ、道具を持つ手を動かさなければならない。その結果、指に職人の証しができる。

その胼胝が、伊豆助の指にはまったく見当たらなかった。

（ありゃ、職人の指じゃないぜ。気をつけな）

半兵衛は時吉にそう耳打ちをして去っていった。

あとで時吉もじっと見たが、なるほど、櫛を日々つくっている指にはとても見えなかった。

あらためてそういう目で見ると、怪しい点が多々あった。

名前に伊豆がついているが、西のほうの訛りが出る。

隠居でもあるまいに、昼日中から酒を呑んでいる。

どこで習ったものか、字をさらさらと綴ることができる。

時吉は元侍だという話が出たとき、侍が嫌いなのかどうか、妙に押し黙ったまま何も言わなかった。


そんなわけで、時吉はあらかじめおちよに伝えてあった。

伊豆助に気をつけろ、と。

あの日も、様子がおかしかった。

二人の勤番の武士が陣取る一枚板の席の様子を、伊豆助は座敷からうかがい、ときおり聞き耳を立てていた。

一枚板の席に移ったあと、時吉は櫛師の小分けについてたずねた。伊豆助はあいまいな顔つきで「仕事の話はなしにしましょうや」と答えた。

決め手になったのは、このひと言だった。

「天の災いもあれば、人の災いもある。ま、いろいろやね」

間違いない、と時吉は思った。

櫛師に身をやつしているが、この男は有泉の残党だ。「人の災い」とは、ほかならぬ自分が有泉一族を誅するきっかけをつくったことだろう。その復讐のために、新たな常連客の面をかぶっていままでのどか屋に通っていたのだ。

そこまで読んでいながら、最後の詰めを誤ってしまった。時を待ちすぎ、先に攻められてしまった。とんだしくじりだった。

「でも、まあ、思わぬところから助太刀が現れたものだね」

季川が笑った。

「ほんに、助けてもらいました」

と、おちよ。

「わたしのしくじりの穴を存分に埋めてくれたので、当分頭が上がりませんよ」

うわさをすればなんとやら、しゃらんと鈴の音が響いた。

のどかが近づき、ひょいと一枚板に飛び乗る。

お客様の席だからと、当初は乗るたびに追い払っていたのだが、時吉もおちよも何も言わなくなった。猫がしたいようにさせておいた。

なぜなら、恩があるからだ。

すわというときに、伊豆助は悲鳴をあげた。

おかげで、一瞬のすきができ、おちよが難を免れることができた。

あのとき、伊豆助のふくらはぎにかみついたのは、猫ののどかだった。福猫どころか、命の恩猫だ。

「いい子だね、のどかは」

おちよが首筋をなでてやると、猫はまた気持ちよさそうに喉を鳴らした。

「時さんが三河町の用心棒なら、のどかはのどか屋の用心棒だな」

と、隠居。

「のどかはそうかもしれませんが、わたしはちょっと」

「でも、最後には悪党を退治したじゃないか」

「うなるような棒さばきでやっつけたんだから」

おちよが身ぶりで示した。

「ちょいと後生が悪かったですが」

「逆恨みをしてきた悪いやつなんだから、気にするこたあないさ」

「また人を殺めてしまいましたからね。やっぱり、持つべきものは……」

「包丁かい？」

「ええ」

時吉は短く答え、薬味の山葵《わさび》を繊《せん》に切りはじめた。

伊豆助が息絶えたあと、時吉は番所に知らせた。大和梨川藩の名を出して包み隠さず子細を述べたところ、原川たちの証しごともあり、多少の曲折はあったものの結局は不問に付された。

その後の調べによると、伊豆助は有泉の傍系で、藩政を牛耳《ぎゅうじ》っていた有泉兄弟が誅されたときはからくも難を逃れていた。お家は断絶になっても、人はちりぢりになってなお生きている。なかにはいまだに恨みを晴らさんと手ぐすねを引いている者もいるだろう。向後《こうご》も気をつけられよ、と原川と国枝は親身になって忠告してくれた。

猫は気まぐれだ。しばらく一枚板の上でかまってもらうと、またふらりと表へ出ていった。箱には乗らず、脚を開いて毛づくろいを始める。

ほどなく、隠居に出す一品ができた。これもおつうの手習いのうまいものづくしの一つ、豆腐飯だ。

賽《さい》の目切りにした豆腐を、鍋でゆでて下味をつける。醬油《したじ》と酒に味醂《みりん》を加え、やや甘めの味付けにする。

飯の上に豆腐をかけ、海苔をもみ散らす。さらに、すまし汁を張り、薬味を添える。豆腐が甘めだから、山葵や唐辛子などの辛めの薬味が合う。

「いくらでも入るね、これは」

季川は顔をほころばせた。

「ええ、お豆腐もいいですからね」

おちよはそう言ったが、時吉は軽く頭を下げただけで何も言わなかった。

いままでなら相模屋の豆腐をさぞやほめただろうが、このところ、品にむらができるようになった。井戸の水に変わりはない。となれば、相模屋の惣助の体の具合が思わしくなく、満足のいく仕事ができなくなってきたのではないか。時吉はそう案じていた。

おちよが小上がりの座敷へ膳を運びにいくと、季川はいったん箸を置いた。

「で、長吉さんは、おちよさんをずっとここに？」

声をひそめてたずねる。

「わたしとしては、危ない目に遭わせてしまったので、もう手伝いはまかりならぬ、おまえの見世には出せぬと言われてもやむをえないところだったのですが」

「負い目があるからね」

「ええ。そればかりでなく、今後も伊豆助のような刺客が襲ってこないともかぎりません。こたびは首尾よく返り討ちにできましたが、それも紙一重の危ういところでした」

時吉はのどかのほうを見たが、猫はもうどこぞかへ消えていた。

「そんなわけで、おちよさんの身にまた何か起きたりしたら、師匠に顔向けができません。おちよさんにもそう言ったんですが……」

「あれはあたしがすきを見せたからで、次は大丈夫、と」

弟子の性格《たち》を見抜いて、季川は言った。

「ええ。そんなところで」

「でも、帰ってきたときは、ずいぶんとうれしかったんじゃないか？　時さん」

隠居はそう言って、また箸を取った。

「いや……初めは忘れ物を取りにきたのかと」

「そうしたら、何もなかったみたいに手伝いを」

「はい、あの赤いたすきをかけて」

時吉と季川は座敷のほうを見た。

たすきが動く。

なじみの客と語らうおちよの笑い声が響いてきた。

（あの声が聞こえないときは、ずいぶんと寂しかった。

客が入っていても、のどか屋は灯が消えたようだった。火を落とした夜は、ことに寂しかった。

その灯が、戻ってきた。

ここへ戻ってきてくれた）

ありがたい、と時吉は思った。

「お、しまいに山葵がぴりっときた。ごちそうさん。うまかった」

隠居は顔をほころばせて箸を置いた。

「ありがたく存じます」

「なんにせよ、これで一件落着だね」

「はい」

時吉はそう答えたが、もうひと幕があった。

謎解きは、まだ終わっていなかったのだ。

四

明くる日――。
鎌倉町の半兵衛がふらりとのれんをくぐった。

一枚板の席に座るや、

「茶をくんな」

と、渋い声で告げた。

まだ客の波は引けていない。おちよもおつうも、ばたばたと膳を運んでいる。初めのころはぶつかったりしていたが、このところはずいぶんと呼吸《いき》が合ってきて、途中で手渡しながら同じ膳を二人で運ぶこともしょっちゅうだった。

「働きだったそうじゃないか」

伊豆助の件を聞きつけたらしく、十手持ちはいくらか声を落として言った。

「とんでもございません。異《い》な成り行きで」

「ま、おとがめなしで悪党を退治したんだから重畳《ちょうじょう》よ」

半兵衛はそう言って、湯呑みを受け取った。

底に左手をふわりと添え、すっとひと口呑んで一枚板に置く。そんなささいなしぐさにもすきがない。

「何かおつくりいたしましょうか、親分さん」

時吉が訊いた。

「そうさな」

ちらりと座敷のほうを見ると、半兵衛は眉間にいくらかしわを寄せてから言った。

「品書があったろう」

謎をかけるように、胸に手をやる。

「おうちゃんの手習いの見本で？」

「図星だ。悪いが、もう一度見せてくんなよ」

おうを呼ぶと、まだ十手持ちには慣れないと見え、かたい顔つきで母の形見を取り出した。

「ちいと待ってくんな」

間違っても大事な形見を濡らさぬように湯呑みを脇をやり、やおら脚を組むと、半兵衛はじっと手本をあらためだした。

「つらつらと　かきつらねますのは……」

小声で読み上げているうちに、縦じわが徐々に深くなっていった。

「あいにく、その品書に載っている料理は、すぐご用意できないものがほとんどなのですが」

「そりゃ分かってら……なるほど、そういう巡り合わせかい」

妙なことを独りごちると、半兵衛の眉間からしわが消えた。

「ありがとよ。手間をかけたな」

十手持ちは手本をていねいにたたみ、おつうに返した。

「なら、海苔飯をもらおうか」

時吉に言う。

「承知しました。それなら、すぐおつくりできます」

「頼む。……ときに、おつうちゃん」

脚を元に戻し、さっと裾を手で払うと、十手持ちは表情を和らげて語りかけた。

「はい」

「おっかさんは、おとっつぁんのことをどう言ってた？」

「芯の通ったいい人だって。筋を通す性分だったから、あんたも見習いなさいって言ってました」

「そうかい。筋を、な」

半兵衛は感慨深げな顔つきになった。

「それから、おとっつぁんは一度決めたら引かないたちだし、仕事にこだわりのある人だから、仏師の修行をするにもさぞや年月がかかるだろうって」

「いまごろは、まだどこぞかで修行中なんだろうな」

「ええ。願を懸けてるだろうから、たよりもよこしてくれないよって、おっかさん……寂しそうに」

いつも明るいおつうだが、さすがに声を詰まらせた。

小上がりの座敷からおちよが戻ってきた。話は聞こえていたようで、すぐさま言う。

「ご修行が終わったら、ふらっと江戸へ戻ってくるわ。明日にでも戻ってくるかもしれないよ、おつうちゃんのおとっつぁん」

「だといいんですけど」

「おみやげに、でっかい如来さまを提げてくるかも」

おちよは大げさな身ぶりをした。

「ときに、住まいはどこだい」

半兵衛は問うた。おつうは母と住んでいた長屋の場所を事細かに伝えた。

「でも、戻ってきておっかさんが亡くなったことを知ったら、おとっつぁん、さぞや気を落とすだろうと……」

「おつうちゃんは、おとっつぁんの顔を憶えてるかい？」

半兵衛がたずねると、おつうは首を横に振った。

「あたしが物心つかないころに修行へ出ていってしまって、どうしても思い出せないんです。だから、おとっつぁんが帰ってきても、あたし、顔が分からない」

「おとっつぁんのほうは憶えてるさ」

時吉はそう言って、海苔飯に澄まし汁を張った。

「血を分けた娘だもの、ひと目見れば分かるよ。分からないはずがないじゃないか」

おつうがうなずく。

「早く帰《けえ》ってくるといいな。……お、ありがとよ」

半兵衛は海苔飯の椀を受け取り、見世をひとしきり見渡した。ちょうどまた客が入ってきたところだった。

「もういいぞ。忙しいのに邪魔したな」

「いえ」

ややほっとしたように、おつうはぺこりと頭を下げた。


休みをはさんだ夜――。

一枚板の席には季川がいた。

「おつうちゃんも、ずいぶんと水になじんできたようだね」

「ええ、よく働いてもらってます」

肴《さかな》の梅が香《か》をつくりながら、時吉が言った。

削り節を細かくしたものと梅肉を交ぜ、煎酒で煮たなめ物で、のどか屋では仕上げに山椒の粉を振ることが多い。腹にたまらない肴としてはうってつけの一品だ。

おつうの手習いの手本、「う」はうまいものの「う」にちなんで、頭にうのつく料理をという隠居の所望で時吉がつくった品だった。

ほかにも、さまざまな名が出た。

潮煮《うしおに》、埋豆腐《うずみどうふ》、鶉焼《うずらやき》、饂飩《うどん》……まだまだいろいろあるだろう。

「しかし、うが頭につくうまいものを詠みこむならともかく、お題が『うまいもの』だと少々骨だね」

隠居はそう言って猪口を置いた。

番付さわぎも一段落して、客足は落ち着いてきた。ことに夜の部だ。おちよが珍しく手持ち無沙汰にしていたので、にわか句会と相成った。

「う・ま・い・も・の、とこれだけで五文字もありますから」

おちよが指を折りながら言った。

「はは、でも、その顔はもうできてるみたいだね」

「無理やりつくったんですけど」

「まあ、いいさ。なら、句を合わせてみるか」

季川はそう言って矢立を取り出した。

隠居の句は、こうだった。

　うまいもの海山の幸川の幸

「季《とき》がないや。こりゃ、勝てないね」

「『川の幸』の代わりに『秋の幸』にしたら入りますよ」

と、おちよ。

「なるほど、それならどんな季でも入れられるね。ちょいとした知恵だ」

「あたしも似たようなことをやっちゃったので」

ぺろりと舌を出してから、おちよは自前の句を披露した。


　秋はうれしきかな「う」はうまいものの「う」で

「こりゃ大胆な。わたしゃこんな破調は怖くて詠めないよ」

「めちゃくちゃですけど。なんだか恥ずかしい」

と、おちよが紙を裏返そうとしたとき、のれんをすいと分けて鎌倉町の半兵衛が入ってきた。

ちょうどいい。判じ役は見世の客に頼もうかと思っていたのだが、十手持ちに任せることにした。

「こいつぁまた巡り合わせだな」

そう独りごちてから、半兵衛はいくらか目をすがめて二枚の紙を見比べた。

「ご隠居さんには悪いが、うれしいほうがよござんしょう」

渋い声で言って、半兵衛はおちよに軍配を上げた。

「ありがたく存じます」

おちよが頭を下げた。

「また壁に貼れば栄《は》えましょう。ときに……」

時吉から茶を受け取り、ずずっとひと口喉をうるおしてから、半兵衛は言った。

「手習いの持ち主のことなんだが、ちいとばかし雇い主の耳に入れておきたいことがあってね」

「おつうちゃんが何か？」

「これから言うことは、当人にはゆめゆめ話さないようにしてもらいてえんだ。ここだけの話ってことで」

十手持ちは、一枚板を指でトンとたたいた。

「人払いなら、わたしは小上がりのほうへ」

「いや、ご隠居さんはここの後見役だから、耳に入れといてください」

腰を浮かしかけた季川を、半兵衛はあわてて制した。

「そうかい」

「で、どんな話です？」

ほかの客の様子をうかがいながら、おちよがたずねた。

「あの手習いの見本は、尋常なものじゃなかったんだ」

「と言うと？」

「ありゃ、判じ物だぜ、あるじ。しかも、ええことが書いてあった」

半兵衛は、そう前置きしてから謎を解いた。

つらつらと　かきつらねますのは
うまいものづくし

のりめし
おにがらやき
とうふめし
うらじろしひたけ
はこずし
なんばんに
ごばうもち
しじみめし
のっぺい
まつかぜやき
つつみたまご
ざぜんまめ
うはうまいものの「う」　めでたきかな　めでたきかな

つうのおとうはなごしのまつざう

頭の切れる十手持ちは、手習いの見本に出てきた料理の順番をすべて憶えていた。そのかしらの一文字を取り、順々につなげていくと、一つの意味のある文になるという寸法だ。

つうのおとうは夏越の松蔵

まったく、「えれえこと」が書いてあった。

「因果は巡るっては、ありゃほんとだな。おいらがお縄にすることになった盗賊の娘だったんだよ、おつうちゃんは」

判じ物の謎はきれいに解かれたが、あまりのことにみな口を開けなかった。

十手持ちが続ける。

「並びがいろはの順や季に従っていれば、怪しいとは思わなかったろう。それに、うまいものづくしにしては、いやに足並みがそろってねえじゃないか」

「たしかに、座禅豆なんて入ってるのは首をかしげましたが、まさか……」

時吉はまだ驚きの面持ちだった。

「おおかた、『ざ』はほかに思いつかなかったんだろうよ」

「なるほど。座禅豆のほかには、せいぜいざくざく汁があるくらい。それだって、本式の名前じゃありませんからね」

「でも、いったいどうして、おつうちゃんのおっかさんはそんな判じ物をつくったんでしょう」

おちよが口をはさむ。そちらのほうが話の表店《おもてだな》だ。

「口ではどうしても伝えられなかったんだろうよ」

「ご隠居さんの言うとおりでしょう。きれいな盗賊だったとはいえ、盗賊に違いはねえ。おとっつぁんがお仕置きになったと告げでもしたら、年頃の娘だ、どんな按配になるか分かりゃしねえ。それを案じて、どうしても言い出しかねたんだろうよ」

「それでも、娘さんに判じ物を残しておいたのは？」

時吉がたずねた。

「いろいろと調べたところでは、夏越の松蔵は女にもきれいで、囲い者の一人だったおつうのおっかさんにも店賃《たなちん》を前払いで出してやったりしていたらしい。それを徳に思って……いや、でえいち惚れた男だ、おまえのおとっつぁんは夏越の松蔵っていうひとかどの男だったんだよ、と告げてやりたいっていう心持ちもあったんだろう」

「告げたくもあり、告げたくもなし、と」

隠居がうなずく。

「そいつが母の心ってもんだろうよ。ほんとのことを言いたいのはやまやまだが、言っちまったらもう終わりだ。つくり話をしたように、おとっつぁんは仏師の修行へ出ていて、いずれふらっと江戸へ舞い戻ってくるかもしれないと信じてたほうが幸せじゃないだろうか、娘のためになるんじゃないかと思うのが人情だろう」

「なのに、すべてを伏せることはできなかったと」

時吉なりに思案をしたが、どうしても紙一枚のところが腑に落ちなかった。

おつうの母は、なぜ判じ物をつくったのだろう。判じ物に託した真の思いはなんだろうか。

「ああして判じ物にしておけば、あとは天に任せることができると考えたのかもしれねえな、あるじ」

「天に任せる」

「そうだ。ほんとのことを知ったほうがいいと天が考えるなら、判じ物は解けるだろう。もしくは、だれかが解いて教えるだろう。教えないほうがおつうちゃんのためだと思えば、あの手本はこの先もずっとうまいものづくしのままだ」

「なるほど。こりゃ難問だね」

隠居は腕組みをした。

「で、親分さんはどう思うんです？」

おちよがたずねた。

「おいらは学はねえが、知らぬが花って言葉は頭に入《へえ》ってる」

「すると、おつうちゃんには伏せておくと」

「告げちまったら、おつうちゃんのおとっつぁんはそこで死んじまう。このまま黙っていれば、ずっとどこかで生きてることになるだろう」

「それがよござんしょう」

隠居が微笑を浮かべて言った。「もし何かの拍子におつうちゃんが気づいたとしたら、そういうさだめだったんでしょうよ。ことによると、そのうちいい人ができて、その男が判じ物を解くかもしれない。そいつもさだめだ。ま、そういうことになるまでは、夢を見させておいてあげましょうや」

「夢をね」

おちよがうなずいた。

「なら、おいらは何も見なかったことにするよ」

十手持ちはそう言うと、ひざを軽くたたいて立ち上がった。

「一枚板だけの舞台で、あいにくでござんしたね」

隠居が芝居になぞらえて言うと、半兵衛は渋くニヤリと笑って、

「なに、上々吉《じょうじょうきち》よ。見物衆の筋がよかったから、気持ちよく見得《みえ》を切れたぜ」

束の間、役者めいた顔をつくり、「またな」とひと声かけてのどか屋から出ていった。

五

明くる日、のどか屋の壁に新たな短冊が貼られた。
秋はうれしきかな「う」はうまいものの「う」で
例のおちよの句だ。
ただし、これは品書ではない。「うまいもの」の脇に、もう一枚、貼り紙が出ていた。その日のおすすめの品は、そこに記されている。

のりめし
ざくざく汁

と、あった。

「海苔飯、一つお願いします」

おつうの明るい声が響いた。

「お座敷は、ざくざく汁を二つ」

こちらはおちよだ。二人の声が飛び交うのは、のどか屋の繁盛の証しだった。

「うめえが、なんでまたざくざく汁って言うんだい？」

一枚板に陣取った職人衆の一人がたずねた。けさからの普請仕事をやっつけて、ひと息ついたところだ。

「そりゃ、おめえ、具がざくざく入《へえ》ってるからに決まってるじゃねえか」

「ちったぁ考えな」

仲間からすぐさま声が飛んだ。

「いや、あながちそうでもないんで」

時吉が青菜を刻みながら言った。

「こうやって、ざくざくと音を立てながら切るので、そういう名がついたと言われてるんです」

「なんだ、まるっきり違うじゃねえか」

「そもそも、具がざくざくって、豆腐と菜っ葉だけだろうよ」

「いや、たくさん入ってりゃざくざくよ。千両箱に小判がざくざくってよく言うじゃねえかよ」

「おめえ、見たことあるのかよ」

そんな調子で、気のいい職人衆の話はいい具合にぽんぽん飛んでいく。縁起でもないが、火が屋根に移ってどんどん広がっていくような按配だと時吉は思った。

「ざくざくって言やあ、おつうちゃんのおとっつぁん、いまごろはざくざく木を切ってるぜ」

膳を運びにきたおつうに向かって、職人衆の一人が言った。

こないだ、話の火がそちらのほうへ移り、おつうの父親の話になった。まだ判じ物に気づいていない娘が、仏師の修行へ出たきり消息がないことを告げると、職人衆は気の毒がって、しきりになぐさめてくれた。

なかには、おいらが願を懸けてやると手を挙げた若い衆もいた。時吉もおちよも子細が分かっているから、なんとも言えない心地がした。

「なんだか、そんな気がします。いま仏様をつくってるところ」

おつうは屈託のない笑顔で答えた。

冷めないように、汁の出来端を座敷に運ぶ。初めは急ぐと足元が危なっかしかったが、ずいぶんと定まってきた。これなら膳をひっくりかえしたりする気遣いはない。

「なんで、あんないい子をほっぽっといたまま帰《けえ》ってこないんだろうね」

「罪つくりなもんだ」

「こりゃ、よっぽど面倒な修行なんだろうよ」

「おおかた、千手観音でもつくってるんだろう。一日に一本ずつつくったって、千日かかるぜ」

「それにしたって、便りの一つでも寄越したらどうだい」

「ま、ふらっと帰ってくるさ。千手《せんじゅ》観音を土産にしてよ」

かしら格の職人が話をまとめた。

職人衆と入れ替わりに、季川がやってきた。隠居はおおむね時分どきを外してくるから、あわただしかったのどか屋の昼もひと区切りだ。

「おつうちゃん、お昼にして」

おちよが表に声をかけた。

「はい」

のどかにえさをやっていたおつうが答えた。

「ちょうどいいや、一緒に食べようじゃないか」

季川がおつうに言った。時吉が、いいよ、と目でうながす。

一枚板の席に、季川とおつうが並んで座った。

海苔飯に、ざくざく汁。

今日のおすすめの品がふるまわれる。

「これはたしか、須弥山《しゅみせん》汁とも言うんだよね、時さん」

「さすがですね、ご隠居」

「三味線汁？」

おつうがけげんそうにたずねる。

「はは、一字違いの須弥山だよ。世の中の真ん中にあるいちばん高い山なんだ」

「富士のお山より高いんですか？」

おつうは目をまるくした。

「そうだよ。ずいぶんと南にあるんだがね。で、その須弥山は、謡《うた》いの文句にこう詠まれている」

隠居はやおら背筋を伸ばすと、錆《さび》のあるいい声で謡いだした。

「北は黄に、南は青く、東白、西くれないにそめいろの……」

何事ならんと、見世じゅうの客が見る。

季川は照れたように謡いをやめると、こう講釈をした。

「いまの文句のうち、勘どころは『南は青く』だ。豆腐をべつにすれば、ざくざく汁の具は青菜を切っただけ。つまり、『みな実《み》は青く』じゃないか」

「うふふふ」

おつうが思わず笑った。

「種を明かせば、たわいもない語呂合わせですね。……はい、その、みな実は青いざくざく汁です。熱いから気をつけて」

「はい。ありがたく存じます」

「それから、海苔飯」

よほどおなかがすいていたのか、おつうはおいしそうに飯を平らげ、汁を半分ほど呑んだ。

そこで椀を置き、ふとうしろを見る。

秋のあたたかい日差しが、滑るようにのどか屋の土間に差しこんできた。

のれんが揺らぐ。

心地いい風に吹かれて、濃い藍色ののれんがふっと揺らいだ。

「どうかしたかい？」

箸を止めて、季川がたずねた。

「おとっつぁんが、いま帰ってきたような気がしたもので」

おつうは向き直り、ちょっと寂しそうな顔で答えた。

「帰ってくるさ」

時吉はそう言って、厨に戻ってきたおちよの顔を見た。

「正夢みたいなものかもしれないよ、おつうちゃん」

おちよも言う。

「だといいんですけど」

おつうは残りの汁を飲んだ。

そして、一枚板に椀を置き、心からの声で言った。

「……おいしかった」

「ああ、うまいね」

と、季川。
「ご隠居さん、須弥山ってずいぶん遠いんでしょうか」
「ちと遠いかもしれないね。どうしてだい？」
「おとっつぁんがそこで修行をしてるような気がしたもので」
おつうがそう言ったから、時吉とおちよはまた目と目を合わせた。
(そうだ。
この子の父親は、遠いところにいる。
はるか南の須弥山にいる。
それでも、いつかは帰ってくるかもしれない。
それが、たとえ夢の中だったとしても。
おつうのおとっつぁんは帰ってくる。
立派な千手観音を抱えて、ずっと生き別れていた娘の顔を見るために……)
そう思うと、時吉の視野がにわかにぼやけてきた。
土間に差しこむ光がさらに濃くなった。
のれんが揺らぐ。
吹きこんできた風が、うしろで束ねた娘の髪をふっと揺らした。

だれかが触ったかのようだった。いとおしむようにだれかが触ったから、おつうの髪が揺れた。

時吉の目にはそう見えた。

おつうがまた振り向いた。

隠居も見る。おちよも、時吉も、のどか屋の入口を見た。

光で見世先がかすんでいた。かすかに赤みを帯びた光は、どこか遠いところから差しこんでいるように見えた。

御恩《ごおん》の光だ。

のれんが揺れる。風に揺れている。

その逆光の入口に、だれか立っているように見えた。

目鼻立ちもはっきりしない、きわめて薄い影が、そこに立っているような気がしてならなかった。

何かを抱えている。

あれは……観音だ。

一つ一つ、木をていねいに削ってつくりあげた千手観音を土産に、父は帰ってきた。

長い修行を終えて、なつかしい江戸へ戻ってきた。

そんなまぼろしが見えた。

「おとっつぁん……」

おつうが立ち上がった。

二、三歩、のれんのほうへ歩み寄ったとき、日がスーッと退《ひ》いた。

気配は去った。

あとに残ったのは、いつもののどか屋ののれんだけだった。

それでも名残惜《なごり》しげに、おつうは見世を出ていった。帰ってくるはずのない父の姿を探した。

みゃあ……。

のどかがないた。

おつうをなぐさめるように、どこか物悲しい声でないた。

「帰ってくるさ」

隠居が小声で言う。

「ええ、また」

と、おちよ。

「またのお越しを」

どこへともなく、時吉は声をかけた。

また日が差してきた。今度は色合いが違って見えた。思わずほっこりとする、おだやかな日差しだ。

のどかをあやしていたのか、いくらか経って、娘は戻ってきた。

「ただいま」

と、おつうは言った。

いつもの笑顔だった。

第四話　結び豆腐

一

「おや」

と、青葉清斎《あおばせいさい》が首をかしげた。

食しているのは奴豆腐だ。

見抜かれたか、と時吉は思った。

煮たり焼いたりするのならともかく、素のままの豆腐だとごまかしが利かない。

「お豆腐屋さんが変わったんですよ、先生」

代わりに、隣に座った安房屋の辰蔵が言った。

「ほう。道理で……」

薬膳に詳しい本道《ほんどう》（内科）の医者はもう一口食し、よく味わっていたが、その表情はいま一つさえなかった。

「相済みません。ちょいといきさつがありまして」

「と言いますと？」

総髪をうしろで束ねた医者は、いくらか身を乗り出してきた。

皆川町《みながわちょう》に診療所を構える清斎は、多くの患者を抱えて忙しい日々を送っている。しばらくは隠れた名医だったのだが、昨年、近くに住む片倉鶴陵《かたくらかくりょう》先生が亡くなってからにわかに日が当たり、患者が増えて多忙を極めるようになった。そのせいで、のどか屋はすぐそこなのになかなか顔を出せないでいる。

「相模屋さんのご体調が思わしくなく、見世じまいも考えているらしいんです。やむなく、ほかの棒手振《ぼてふ》りから仕入れてるんですが、使っている豆が違いまして、味が薄くなってしまいました。相済みません」

時吉は包み隠さず言って頭を下げた。

「なるほど。堅さにはそう違和感がないのですが、相模屋さんの豆腐の濃さに舌が慣れていたので」

「薄いと感じましょう？」

と、辰蔵。

「ええ。使っている豆が違うとなれば納得です」

「醤油も使う豆によってずいぶんと違ってきますからね。いい豆を使うとなると、おのずと利が薄くなりますから、あきないに心張り棒を一本通さないとなかなか続くものじゃありません」

醤油酢問屋の隠居はそう言って、一つうなずいた。

「ご隠居さんの前ですが、相模屋さんの豆腐はたとえ醤油をつけなくてもおいしくいただけたはず」

「わたしらにとってみれば、こういった味もそっけもない豆腐のほうがありがたいのかもしれないけど、ちと寂しいやね」

「で、相模屋さんの具合はずいぶんとお悪いんでしょうか」

清斎がたずねた。

「どうやらそのようです。先日来、おかみさんが慣れない天秤棒をかついで豆腐を運びに見えていたのですが……」

小上がりの座敷からおちよが戻ってきた。時吉と目が合う。話は聞こえていたようだ。

「おりんさんはなにぶん細いものだから、見かねてあたしがちょっと天秤棒をかついだくらいで」

「息子さんが一人いるようですが、足を悪くして外には出られないそうなんです。ただ歩くだけなら杖を頼りにゆるゆると歩を進められても、天秤棒をかつぐなんてもってのほかだと」

時吉が伝えた。息子に会ったわけではないが、惣助がかつてぽつりとそうもらしたことがある。

「ならば、いまは見世売りだけで？」

医者が問う。

「そのようです。ただ、わたしも子細はよく知らないのですが、近所に因業な同業がいて、かねてより相模屋さんの井戸を狙っているらしいんです。豆腐づくりは水がいのちですから」

「すると、嫌がらせのたぐいをされているとか」

「なにぶん利の薄い豆腐のつくり方です。見世売りだけではいくらも数が出ません。しかしながら、相模屋さんの近所では同業の豆腐屋が幅を利かせています。得意先を奪おうものなら、どんな意趣返しをされるか分かりません。というわけで、少しでもはけるようにと、ここいらまで天秤棒をかついで豆腐をおろしに見えていたのですが」

時吉は初めて相模屋の惣助が見世に来たときのことを思い出した。世辞にも口が回るほうではなく、ときどきつっかえながら豆腐をすすめる様子はいかにも頼りなかった。

しかし、出された豆腐を一口食してみて、時吉はうなった。

いままで食べていた豆腐はいったい何だったのか。

そう愕然とするような味だった。

聞けば、惣助は小さいころにお寺で食べた豆腐の味が忘れられず、一念発起して京へ上り、老舗《しにせ》の豆腐屋で厳しい修業を積んで戻ってきたらしい。

京の水の冷たさのみならず、江戸者よ、味の分からぬ田舎者よ、耳に触る言葉遣いよという冷たい仕打ちにも耐えに耐えて、ようやく身につけた匠《たくみ》の技だ。片々たる一丁の豆腐にも、芯が通っていた。

言わば、たましいの豆腐だ。

何もつけずとも、食することができる。豆のうまみが死んでいないからだ。

時吉はすぐさま相模屋から豆腐を卸すことに決めた。これもまた阿吽《あうん》の呼吸だ。

浅草の長吉屋は遠すぎるので、近くの兄弟弟子《でし》の見世にもすすめたところ、惣助はこれを徳としてたいそう喜んでくれた。

「ほかの見世は回れなくなっても、のどか屋さんにだけは天秤棒をかついでうかがいますので」

日頃からそう言っていた惣助がしだいに病み衰え、とうとう顔を見せなくなってしまったのだから、案じられるのは当然のことだった。

「今度のお休みに、様子を見に行ってみたらどうかしら、時吉さん」

おちよが水を向けた。

「そうだね。これも何かの縁だ。人は持ちつ持たれつだから、できることがあったらしてやりたいやね」

と、辰蔵。

「わたしも体が空いたら往診にまいりましょう。耳に入れたままほおかむりでは、いささか後生《ごしょう》が悪いもので」

多忙な清斎までそう言ってくれた。

「ありがたく存じます。では、とりあえずわたしが様子を見てきましょう」

時吉は話をまとめた。

その後は、つい先だっての野分《のわけ》の話になった。星の巡り合わせなのかどうか、今年は次から次へと災厄が降りかかってくる。八月十七日の夜から、江戸は嵐に見舞われ、ほうぼうで家が壊れて人死にが出た。

ことに痛手をこうむったのは、品川、高輪《たかなわ》、鮫洲《さめず》のあたりで、大波が打ち寄せて沈んだ場所も多かった。神田川も水かさが増して気をもんだが、幸い、のどか屋は難を免《まぬか》れた。

一難去ってまた一難、野分は続けざまに襲ってきた。八月二十七日にはまた風雨が激しくなった。時吉とおちよは見世を早じまいにし、二階で息を詰めていた。風の吹き荒れる音が恐ろしかった。なにしろ、小伝馬町《こでんまちょう》の牢屋敷の門が半ば吹き飛ばされてしまったほどだった。このときも、どうにか見世はこらえてくれた。

「ま、何もない平穏続きの年ってのはないもんだがね」

辰蔵がそう言って、猪口を一枚板の上に置いた。

たしかにそうだ。火や水や風ばかりではない。地面が揺れれば灰も降る。江戸の栄えの戸板を裏返せば、すぐさま剣呑な暗闇がのぞく。

「今年は刃傷沙汰《にんじょうざた》もありましたからね」

清斎が言った。

これは四月の話だ。

西丸書院番の松平外記《まつだいらげき》が殿中にて刃傷沙汰に及び、五人に斬りつけて三人を殺めるという一件があり、大いに話題になった。

「あれはまあ、大きな声では言えませんが、溜飲《りゅういん》の下るほうの刃傷沙汰でしたが」

と、辰蔵。

「ずいぶんと嫌らしいいじめに遭《あ》っていたらしいですからね。乱刃《らんじん》もやむなし、という声がもっぱらでした」

時吉はそう言いながら、菊酒の用意を始めた。もうすぐ重陽《ちょうよう》の節句だから、今年初めて食べられる菊を調達しておいた。

おちよは座敷の客の相手をしにいった。番付の下のほうに載ったとはいえ気の置けない見世だから、まだ幼いわらべを連れた客も来る。そういった客には、子が食べやすいように裏ごししたものを出すといった気を配っていた。

「ずいぶん前から、古参の旗本の新参いじめはあったみたいですね」

清斎が言う。

「ええ。こたびの一件も、裃《かみしも》の紋所を墨で塗りつぶすなどのむごい仕打ちが度重なり、耐えかねた松平外記どのがついに刃傷沙汰に及んだとか」

「遺書をふところに忍ばせ、復讐をしてから自害して果てたのですから、これは覚悟のうえの行い、非は古参どもにあるという評判でした」

「災いの種を自らまいたようなもんですからな……お、小ぶりの椀仕立てだね」

辰蔵がいくらか腰を浮かせた。

「はい、菊酒でございます。酒じゃなく、本当に済まし汁の椀にもできますが」

「はは、菊汁よりは菊酒がいいやね」

「先生もいかがでしょう」

「小ぶりの椀でしたら、ぜひいただきましょう」

話が決まり、朱塗りの椀が二つ、一枚板の上に置かれた。

酒の上に、水にさらしてしゃきっとさせた菊の花をむしって散らす。香りを楽しむばかりでなく、甘みがあって食することもできる菊を選ぶのが本筋だ。

「こりゃあ、いい。秋の香りだね、菊酒ってやつは」

隠居が目を細くした。

「酒は辛温《しんおん》の食材、添えられる菊の花は苦平《くへい》。苦が辛を補う、二味配合の原則にかなっています」

清斎が薬膳の講釈を始めた。

「なんにせよ、これで邪気を祓《はら》いたいもんですな」

小ぶりの椀に張られた菊酒を啜り、辰蔵が言った。

「ええ。無病息災がなによりですから」

また惣助の顔を思い浮かべながら、時吉は答えた。

二

次の休みの日――。

時吉は多町《たちょう》の源兵衛店《げんべえだな》にある相模屋をたずねた。

見世に名こそついているが、看板などは出ていない。のれんもない。裏長屋でひっそりと営まれている小さな豆腐屋だ。途中ですれ違った女に道をたずねたが、それでも曲がるところを間違えて往生《おうじょう》させられた。

「あら」

見世先に出ていたおりんが顔を上げ、驚いたように時吉を見た。

「こんにちは。今日は豆腐を買いがてら、お見舞いにうかがいました」

時吉は小ぶりの天秤棒を下ろした。仕入れた豆腐は帰ってからじっくり煮込み、明日の惣菜にするつもりだ。

「それはありがたく存じます」

おりんは腰を折った。

看病疲れと所帯やつれで、以前より年が寄ってしまったように見える。髪にも白いものが目立つようになった。

「いたってつまらぬものですが、のどか屋の漬物で」

桶には土産を入れてきた。惣助の病状は分からないが、これならなんらかの足しにはなるだろう。清斎と相談して決めた漬物だった。

「そんな、気をつかっていただいて」

「行かなければと思っていたのですが、なにぶん見世があるもので、今日まで延ばしてしまいました。……で、惣助さんは？」

「奥で休んでおります」

「ごあいさつはできましょうか」

「はい……どうにか」

おりんは弱々しい笑みを浮かべた。

その顔つきで察しがついた。どうも惣助の具合は芳《かんば》しくないらしい。

「いらっしゃいまし」

　奥から杖を突きながら、小柄な若者が現れた。

　息子の信太《しんた》だ。

「料理屋の、のどか屋さん」

　おりんが言う。

「いつもお世話になっております。のどか屋の時吉です」

「相模屋の信太です。足がこんなじゃなかったら、おいらが天秤棒をかついでお届けにあがるんですが」

　杖に寄りかかると、信太は悔しそうにわが左脚を手でたたいた。

　惣助が元気なころ、いきさつについてはくわしく聞いていた。

　初めの子は流れ、次の子も耳の病が元で夭《わか》くして死なせてしまった。この子だけはと大事に育てた信太は心映えもよく、素直な気性だった。

　これなら、心安んじて豆腐屋を継がせることができる。口べたな自分とは違って、あまり人見知りもしないから、ゆくゆくは相模屋の豆腐の味を広めて、表店《おもてだな》に見世を構えることができるようになるかもしれない。

　父の望みは大いにふくらんだ。

だが、かえってそれが仇《あだ》となってしまった。

まだ小さいころから、信太は豆腐屋の仕事を手伝いたがった。そのうち、豆を選《よ》り分けるなどの仕事は、母のおりんから教わってともに座って行うようになった。

豆腐づくりは朝が早い。しかも、力仕事が多かった。井戸の水を汲《く》み上げる。大きな鍋で豆を煮て絞る。できあがった豆腐は、これまた大きな水風呂桶に入れておく。さまざまな場面で力を要した。

信太は小柄なほうだが、背丈はそれなりに伸び、力もついた。早く仕事を教えて跡を継がせたい惣助は、息子に少しずつ重い物も持たせるようにした。

母は案じた。もっと大きゅうなってからでもよかろうに、と何度も意見をした。そのせいで、相模屋では折にふれて夫婦《めおと》喧嘩が起きるようになった。

「おりんの言うことを聞いてたら、あんなことにはならなかったんですが。後悔先に立たずってのは、まったくもってそのとおりで……せんないことで」

あるおり、惣助は絞り出すようにそう言ったものだ。

奇禍《きか》は思いがけないかたちで起きた。惣助としても、息子に怪我をさせないように気はつかっていた。ひっくりかえしてやけどをしては大変だから、油鍋などは決して触らせなかった。

しかし、あいにくなことが起きてしまった。

ある凍えるような冬の朝、信太は井戸から水桶を引き上げ、仕事場へ運ぼうとしていた。背丈は低いが、桶を運ぶだけの力はついていた。惣助も、当の信太も、何の懸《け》念《ねん》も感じてはいなかった。そこに落とし穴があった。

冬の朝はまだ明けそめておらず、月もなかった。凍てついた土の上で足を滑らせた信太は、勢いよく転倒してしまったのだ。

そのひざの上に、いったん宙に浮いた水桶が落ちてきた。重みがかかり、骨が砕けた。腱まで切ってしまった。

療治を続けたおかげで、杖に頼れば近場まではどうにか歩けるようになった。だが、それまでだった。以前と同じ動きをすることはできなかった。

座ったまま、あるいは立ったまま行う仕事を除けば、豆腐づくりはむずかしくなった。豆腐ができあがるまでには、どうしても力仕事が入る。水桶も運べない体で、豆腐屋を継ぐことは無理だった。

それでも、信太はへこたれなかった。長箸を使って油揚げを揚げたり、豆腐の元となる呉《ご》の煮加減を父から学んだり、できることはなんでもした。

惣助としては、なんとも言えない気持ちだった。しかし、すまねえ、とわびているだけでは前へ進まない。息子の足はいつか治るかもしれない、神信心をし、明るくふるまいながら、父は豆腐屋を続けていた。

その惣助が病に倒れた。信太の足では天秤棒はかつげない。やむなくおりんがかついでいたが、このままでは亭主に続いて体を悪くしてしまいそうだからやめた。

ときには長屋の職人衆にも手伝ってもらいながら、相模屋はほそぼそと豆腐づくりを続けていた。かそけき盛りのころよりさらに数が減った豆腐は、古くからのひいき筋や、情に厚い長屋の衆が買ってくれた。

「毎度ありがたく存じます」

その一人一人の客に向かって、信太は澄んだ目で、元気のいい礼を言った。それも限られた「できること」の一つだったからだ。

その息子が、いま、時吉の前に立っていた。

「豆腐はあとでもらうよ」

「ありがたく存じます」

「油揚げもあるかい？」

「はい、ございます」

「なら、見舞いに上がらせてもらおう」

「どうぞ。狭いところですが」

杖の向きを変え、信太は時吉を通した。

奥から声が聞こえてきた。

「おまえさん、のどか屋さんだよ」

おりんの声だった。


しばらく見ないあいだに、惣助はずいぶんとやせ細っていた。

布団に半身を起こし、頭を下げてから言う。

「わざわざ来てくだすったのに……こんな姿で、情けねえかぎりで」

声にも張りが乏しかった。ひと頃は一町先からも売り声が聞こえたものだが、いまはときおり妙な息が交じる。

「養生なすってください」

「いや、そうも言ってられねえんで。いつまで持つか分からねえが、体が続くかぎりは、豆を絞ったり、水桶を運んだり……」

「なら、いまでも力仕事を？」

「それができなくなったら、豆腐屋をやめるしかねえ。そのときまでは……」

戸口のほうを見ると、信太が顔をついと表のほうへ向けた。

客の前では気丈にふるまっていても、やはりいわく言いがたい心持ちがあるのだろう。泣いている顔を見られたくなかったのかもしれない。

「どうぞ」

おりんが茶を運んできた。

礼を言い、上がり口に腰かけたまま、時吉はさらに惣助の話を聞いた。

「うちの井戸を狙ってるやつもいましてね。なにぶんいい水がわくもんで。早く売って隠居しろ。息子は居職《いじょく》の職人に弟子入りさせれば口が減る。相模屋は居抜きで買ってやると言って、しつこいくらいにやってきまさ」

「それは同じ豆腐屋で？」

「へい。吉田《よしだ》屋といいます。いくらも離れていない表店に古くから見世を構えてまして、こちらのほうが新参だったもので、これまでもずいぶんと嫌がらせをされてきました」

「なるほど」

時吉にも思い当たるところがあった。

のどか屋がのれんを出して客が入っているのをねたんだ見世が、あそこでは御座《ござ》りかけたものを出しているると、見もしないで言いふらしたことがある。残念ながら、新参者の足を引っ張ろうとする輩《やから》は江戸にも多い。

「吉田屋のあるじが目を光らせているせいで、ここいらの寺などの大口に豆腐を入れることはできません。たちの悪いやつらも手なずけてあって……」

惣助は言葉を切り、少し咳きこんだ。

「それで、うちのような見世にまでおろしに見えていたんですね」

そう言いながら、時吉は背中をさすってやった。

「ええ。ごひいきを頂戴しまして。体がなんともなかったときは、かえって気が張ってよかったんですが。もういまは毎日の豆腐をつくるだけでぐったりしてしまいます。見かねて隣の代蔵《だいぞう》が手伝ってくれたりしてまさ。自分も左官の仕事があるのに、ずいぶんと気にかけてくれて」

「ほんに、長屋の皆さんのお情けにすがっているばかりで」

いくらか離れたところから、おりんが声をかけた。

信太は見世番をしている。来そうもない客をひたすら待っている。その背中が泣いているように見えた。

「もう考えなきゃならねえかもしれませんや、のどか屋さん」

「と言いますと?」

「息子には、悪いことをしちまった」

信太の耳に入らないように、惣助は声を落とした。

「おれなりに精一杯の神信心をしてきたんですが、どうもあいつが天秤棒をかついで豆腐を売りにいくのは無理のようです。かといって、おりんに任せたら、そのうち倒れちまいまさ。この体さえ動けば……」

惣助は悔しそうに、薄くなってしまった胸をたたいた。

「医者にはかかっていますか?」

「近所のやぶには見せましたが、薬代ばかり取ろうとするやつなので。ほかの医者を呼びたくても、とても駕籠代なんか出せません。治るもんなら、治していただきてえのはやまやまなんですが……」

「うちの客に、青葉清斎先生という本道のお医者さんがいます。わけのある患者は、薬代なしでも往診に行く、名利《みょうり》を求めぬ名医です」

時吉が言うと、惣助の表情が変わった。望みの灯りがふと目の奥にともったように見えた。

「こないだうちに見えたとき、清斎先生は豆腐の味が変わったことに気づかれました。

そこで、相模屋さんの具合が悪く、天秤棒をかついで卸しに来られなくなってしまったというわけを勝手ながら話してみたところ、それなら往診へ行ってもいいと快く請け合ってくださったんです」

「おまえさん……」

おりんが歩み寄ってきた。

亭主と目が合う。

年経《としふ》りた夫婦は、互いにうなずき合った。

「ありがたく存じます。もし、その清斎先生に診ていただけるのなら、こんなにうれしいことはございません」

「ほんとにただで診ていただけるのでしょうか」

と、おりん。

「清斎先生は陰陽五行説に基づく薬膳にくわしくて、豆腐という食材の効用を常日頃から説かれています。ことに、豆の味が濃く出ている相模屋さんの豆腐は大のひいきですから、帰りに何丁か御礼にお渡しすればよろしいかと」

「ああ、それならいくらでも」

「お豆腐でしたら、持てるかぎりお持ちくださいまし」

相模屋の夫婦は、やっと笑みを見せた。

表から、杖の音が近づいてきた。

息子の信太だ。

「どうか、おとっつぁんを……」

杖を止め、拝むしぐさをする。

声をひそめていたつもりだが、どうやら聞こえていたらしい。

「よく言っておくから」

「はい」

「いちいち動くのは大儀だ。おめえは見世番をしてな」

父が言った。

「動く稽古もしないと」

「無理すんな」

軽く頭を下げると、信太はまた杖を操って見世先へ戻っていった。

「あいつに継がせるつもりだったんですが、思案をしてましてね」

声が届かないところまで息子が去ってから、惣助がまた口を開いた。

「すると、豆腐屋をだれかに譲るつもりで?」

「さあ、そこが思案のしどころです」

惣助は腕組みをした。かつては力強かった二の腕はすっかり肉が落ち、骨が透けて見えるかのようだった。

「たとえば、吉田屋なんぞに売っちまったら、せっかくの井戸が泣きまさ。あいつ、端《はな》からうまい豆腐なんてつくる気はないんで。どうすれば利を得られるか、もうけになるか、それしか考えてないんでさ。豆選びから、どうやったら手を抜けるか、楽《らく》してもうけられるか、吉田屋の頭にはそれしか入《へえ》ってねえ。そのせいで、堅いばっかりで芯のねえ豆腐しかできねえんで……」

かすれた声でまくし立てると、惣助はまたひとしきり咳きこんだ。

「おまえさん。あんまりしゃべらないほうが」

おりんが案じ顔で言う。

「しゃべれるうちが華だ」

「そんなこと言ったって……」

「で、さっきの思案の続きでさ、のどか屋さん」

女房を手で制して、惣助は続けた。

「吉田屋なんぞに売っちまったら、井戸の水に申し訳が立たねえ。かといって、息子に力仕事は無理だ。根《こん》を詰めてやってくれるんで、居職《いじょく》の職人が向いてるんでさ。あいつのことを思ってやれば、近場《ちかば》の職人の親方を見つけて、早く弟子入りさせてやらなきゃと」

「豆腐づくりはどうされるんです？」

「頼りになる人が見つかれば、跡を継いでもらって、おれは養生させてもらおうと思ってまさ。差配にもそう言ってはあるんですが、なかなか……」

「このままじゃ、どっちつかずになってしまいますからね」

と、おりん。

「こいつの申すとおりで」

痰を切ってから、病み衰えた豆腐屋は続けた。

「足は曲がっちまっても、信太の心までは曲がっちゃいません。職人ってのは年季が明けるまで住みこみだ。杖をついて通うのは雨や雪でぬかるんでると難儀だが、住みこみなら動かなくたってすむ。そうやって手に職をつけて、いずれ独り立ちさせてやりたいと……それなら、なるたけ早いほうがいい。跡継ぎが見つからなかったら、豆腐屋なんぞたたんじまって、あいつだけ修業に出してやるのが親のつとめだ……と、頭じゃそう分かっちゃいるんだが、たかが豆腐でもおれの人生がかかってまさ。絞ってるのは豆だけじゃねえ。命だって、ぎゅっと……」

惣助が手に力をこめたとき、表で人の気配がした。

「やつらだ」

惣助の顔色が変わった。

「やつら？」

「吉田屋ですよ。性懲りもなく、また来やがった」

信太が「父は臥《ふ》せっているので」と言って追い返そうとしたが、商売敵の豆腐屋はずんずん入ってきた。うしろにもう一人いる。

「おや、お客さんかい？」

顔つきだけは一見すると柔和な、初老の小太りの男が言った。

「三河町ののどか屋の時吉です。豆腐を卸していただいている小料理屋で」

「そうですかい。わたしは吉田屋の留松《とめまつ》と申します。まだ修業中の豆腐屋で。どうかよしなに」

と、あきんどらしく腰を低く折ってみせたが、目だけは笑っていなかった。

「これに控えているのは、大蛇《おろち》の丑平《うしへい》。ここいらもなにかと物騒ですからな、恐《こわ》らしい彫り物を背負ったやつを用心棒代わりに連れて歩いてるっていう次第で」

丑平はにこりともしなかった。こいつのほうがよほど物騒だ。

「臥せってるっていう話だったが、元気そうじゃないか、相模屋さん」

「何が元気なもんか」

不機嫌そうに惣助が答える。

「何をしに見えたんです？　吉田屋さん」

おりんもとげのある口調でたずねた。

「そりゃごあいさつだね、おりんさん。たまには評判の豆腐を口にして、ちいとばかし勉強させてもらおうと思っただけさ」

吉田屋の留松はそう言って、おりんの腰のあたりに目をやった。

時吉はすぐさま察した。

吉田屋が狙っているのは、いい水がわく井戸だけではない。苦労でやつれてしまったとはいえ、おりんは元々が目鼻立ちのいい器量よしだ。そのあたりも併せて狙いをつけていることは、嫌なまなざしを見れば容易に察しがついた。

「それなら、表でお売りしますよ」

杖をつきながら、信太が近づいてきた。堅い表情だ。

「豆腐だけ味わってたんじゃ、味の秘訣は分からない。こうやって奥まであらためてみないとね」

　信太を軽くいなすと、吉田屋は惣助に向かって言った。

「どうだい、相模屋さん。もうここいらがいい潮時じゃないか。すっぱりとわたしに沽券《こけん》状（権利書）を売って、養生につとめたら……」

「その話なら、前になんべんも断った」

　吉田屋の話をさえぎり、惣助は鋭く言った。

「あんたに売り渡したら、井戸が泣く」

「ほう。そりゃまたずいぶんとお言葉じゃないか。わたしらの豆腐のほうが歯ごたえがあってうまいっていうお客さんもたんといるんだがね」

「そいつぁ、舌が馬鹿なんだ」

　惣助が吐き捨てるように言うと、吉田屋の表情が変わった。

「強情もいいかげんにおしよ、くたばりぞこないが」

　ほおのあたりが引き攣《つ》る。

「情けをかけてやってるのに、舌が馬鹿とは言い草だね。息子に継がせたいなら継がせりゃいいさ。倒れないようにちっちゃい桶でなんべんもすくったら、豆腐づくりだってできないこともなかろうよ。せいぜいわらべのままごとでもやってな」

吉田屋はなおもしばらく、甲高い声でまくし立てた。

「そのへんにしておきな」

時吉は因業な豆腐屋の胸を軽く突いた。

「弱いものいじめは、男が廃《すた》るぞ」

「だれが弱いものいじめをしたと？　情けをかけて、沽券状を買ってやるって言ってんだよ、わたしゃ。人聞きの悪いことをお言いでないよ」

「ここの井戸に目をつけて、乗っ取ろうとしているだけのように見えるが」

「ほほう。因縁をつける気ですかい、のどか屋さんとやら」

「忌憚《きたん》なく言ったまでだ。腹の底まで見えてるぞ」

もう引き下がるつもりはなかった。時吉は鋭い口調で言った。

「そうかい。なら、ちょいと痛い目にあってもらいましょうか」

時吉の素性を知らない吉田屋は、あごをしゃくって手下に合図をした。

「野郎ッ」

大蛇の丑平はやにわに襲ってきた。

体《たい》をかわし、間合いを図る。

悶着の気配を察したか、若者が一人、血相を変えて入ってきた。

「あっ、代蔵さん」

おりんが声をあげた。

長屋の隣に住む左官のようだ。

ならず者は片肌を脱いだ。ところどころ、毒々しい朱に染まった大蛇が這いうねっている。

「こいつ、やっちまっていいですかい、旦那」

丑平は合口《あいくち》を抜いた。

「そりゃあとが面倒だ。懲らしめるだけにしておいてくれ」

と、吉田屋。

「へい。……なら、手加減してやるぜ。ありがたく思え」

ざらざらした声で言うと、丑平は間合いを詰めた。

時吉は素早く後ずさり、相模屋の仕事場のほうへ向かった。いまは丸腰で、ふところには商売道具の包丁もない。まったくの徒手空拳だ。

(仕事場に入れば、何か使える道具があるはずだ。

それを手にできれば……)

ならず者が襲ってきたらすぐ身をかわせるように、相手の動きから目を切らないようにしながら、時吉はなおいっそう気を集中させた。

「信太、こっちへ」

代蔵の声が響いた。

「おいらがおぶってやる。表へ逃げてるんだ」

「頼みます」

おりんが両手を合わせた。

「あんたがその気になるなら、手荒な真似はよしとくよ、相模屋さん」

吉田屋がなおも迫る。

だが、惣助は首を縦に振ろうとしなかった。

「そうかい。……のどか屋、うらむなら相模屋をうらみな。丑平、もたもたしてないで、とっとと懲らしめてやりなさい」

「へいっ」

丑平は再び襲ってきた。

ただし、殺すつもりの合口ではない。傷つけるために上から振り下ろしてきた刃物だから、動きは容易に見切ることができた。

的《まと》を外したならず者は、思わずたたらを踏んだ。

向き直る前でのわずかなすきに、時吉は道具を見つけた。

豆乳を絞るときに使う柄《え》だった。舟の櫓《ろ》ほどの大きさだ。これなら、十分に武器として使うことができる。

「しゃらくせえ」

丑平は合口を振り回した。

今度は手加減なしだ。左へ、右へ、踏みこんで切りつけようとする。

だが、腰の構えが甘かった。

そのせいで、脇が空く。手首にすきが生まれる。

時吉はそこを突いた。

「鋭《えい》！」

切り裂くような声を放つ。斜め下から払うように柄を動かす。

それは過《あやま》たず、合口を握った丑平の手首に命中した。

「うっ」

刃物が宙に舞い、豆腐の水桶の中に落ちた。

ならず者は痛みに顔をしかめ、右の手首を左手で押さえた。

ために、頭が下がった。ほんの一瞬だが、またしてもすきができた。

「ぬんっ」

時吉はさらに柄を振るった。

今度は正面から打ち下ろした。面を取る要領だ。

脳天をしたたか打ちすえられたならず者は、万歳《まんざい》でも踊るような足取りになったかと思うと、仕事場の床にどうと音を立てて仰向《あおむ》けに倒れた。大蛇の面《つら》だけがなおもにらんでいる。

「や、やりやがったな」

吉田屋が歯がみをした。

「ここで寝てもらっちゃ、あきないの邪魔だ」

時吉はそう言うと、桶をつかんで水を汲み、気を失っている丑平の顔に思い切り浴びせかけた。

正気づいたならず者は、ぶるぶると頭を振り、半身を起こした。

「さっさとお引き取り願おうか。物騒なものはもらっておく」

合口はもう桶の中から拾い上げてあった。時吉が刃物を見せると、さすがにこれはまずいと悟ったか、吉田屋は退散の構えになった。

「覚えてろ。この借りはいずれ返してもらうから」

まだ未練がましく、そんな捨てぜりふを吐く。

「こう見えても、わたしの前歴は武家だ。うしろ盾がある。出るところへ出れば、表店に見世を構えているのが自慢らしい豆腐屋の一軒や二軒、つぶすのは造作もないぞ。さよう心得よ」

また悪さをしにこないように、本意ではなかったが、時吉は重々しい武家言葉を使ってクギを刺した。

因業だが根は小心者らしい吉田屋は、ほおのあたりをまたいくたびか引き攣らせた。そして、今度は一言も発せず、手下を連れて相模屋から出ていった。

大蛇の丑平はまだ脳天を手で押さえていた。数日は痛むだろう。それほど手ごたえがあった。

「ありがてえ、のどか屋さん」

惣助がしゃがれた声を出した。

「塩を」

おりんは壺のほうへ走ると、手のひら一杯に塩をつかみ、表へ走ってひとしきり撒《ま》いた。

「おっかさん」

信太が声をかける。

「そのへんでいいよ」

「ああ」

おりんは我に返ったような顔つきになり、息子と代蔵を見た。

「いつもありがとね、助けてくれて」

若い左官に向かって言う。やっと笑みが浮かんだ。

「なんの。おいらがやっつけたわけじゃないや」

代蔵は答えた。

半纏がよく似合う、澄んだ目をした若者だった。信太の兄といった趣《おもむき》だ。

「それにしても、すっとしましたよ、お武家さま」

「いや、『お武家さま』はやめておくれ。いまのは方便。わたしはただの小料理のどか屋のあるじだから」

時吉はそう言って笑った。

三

とんだ立ち回りになったが、一幕が終わり、一同は奥へ入った。

合口が飛びこんだせいで傷物になってしまった豆腐は、すべて時吉が引き取ることにした。代金は払うと申し出たのだが、惣助もおりんもお礼の代わりだからと言って譲らなかった。それなら、とありがたく頂戴することにした。

奴《やっこ》のかたちでは出せないが、水気を抜けば砕き豆腐やあらかね豆腐などに使うことができるし、蜆《しじみ》もどきへ持っていくという手もある。鍋に豆腐をつかみ崩して入れ、蜆の大きさになるまで炒《い》るわけだから、ある程度は端《はな》から崩れていてもかまわなかった。

よく炒られたものを、今度はさっと揚げる。このひと手間が肝要だ。そして、鍋に戻し、醬油《したじ》と酒でしぐれ煮よろしく煮てやると、不思議や、豆腐だったものがまごうかたない蜆に化けてしまう。

仕上げに山椒を散らす。刻みでも粉でもいい。あらかね豆腐もそうだが、醬油と酒と山椒は実によく合う。

揚げるひと手間で味が深くなるから、酒の肴にはうってつけだ。時吉は明日ののどか屋の一枚板の席に、蜆もどきを出す肚《はら》をかためた。

「ちょいと話があるんですが」

代蔵がそう言うので、信太も奥へ呼んできた。いつも豆腐を買ってくれる客はあらかた来てしまった。ずっと見世番をしていることもない。

「豆腐もいただいたことだし、わたしはこのあたりで」

時吉は気を利かして先手を打った。

「折り入った話かい？」

惣助が代蔵にたずねた。

「へい。……これも何かの縁でさ。のどか屋さんも、よかったら聞いてください」

「よそ者が聞いてもいい話なのか？」

「はい」

「のどか屋さんはうちの上得意、親戚みたいなもんだから」

信太が言った。

「分かったよ。それなら、聞かせてもらおう」

時吉はいったん浮かせかけた腰を下ろした。

「じゃあ、思い切ってしゃべらせてもらいます」

代蔵は座り直して続けた。「おいら、長屋の隣に住んでるもんで、べつに聞き耳を立ててるわけじゃないけど、いろいろと話が聞こえてくるんでさ。今日もあわてて飛んできた次第で」

「助かってるよ。この子をおぶってくれたりしてさ」

おりんが情のこもった声で言った。

「それで……おやっさんが体を悪くして、豆腐をつくるのに難儀してるのも、よくよく分かってる。何度かおいらも手伝ったしね。具合が悪いのに重い桶や鍋を運ばなきゃならねえのは、さぞ大儀だろうって」

惣助がうなずいた。

「おいら、信太の気持ちも、おやっさんやおかみさんの思ってることも、分かってるつもりなんだ。ほんとに、按配の悪いことが起きちまって……おやっさんは信太に豆腐屋を継がせるつもりで、信太も継ぐつもりで気張って励んでたのに、うまくいかねえもんだ、かわいそうに、と初めはよそごとみたいに見てたんだ」

おりんが出した茶で喉をうるおし、さらに続ける。

「ところが、よ。いくたびか手伝ってるうちに、おいらの中で何かが変わっていった。

青臭いと思った豆腐づくりの臭いがだんだん身にしみてきて、仕事場に入るたびになんだかなつかしいような気がしてきたんだ。いい感じでできた豆腐を見て、食ってみたら、そのうまいことうまいこと。毎日こんな思いができるんなら、いっそのこと豆腐屋になるのもいいかな、と」

「ちょっと待った、代蔵さん」

信太が目をまるくして言った。

「すると、おいらの代わりに、この相模屋を？」

「いや、跡継ぎはおめえだから、おいらは力仕事をする豆腐職人で十分よ。天秤棒もいくらだってかついで売りにいける」

「おめえ、左官はどうするよ」

惣助があわてて口をはさんだ。

「そうだよ。せっかく手に職がついたのに……」

おりんも和す。

「親方にはずいぶんと世話になったから、おいらとしても申し訳がなかったんだが……そこはそれ、わけをよくよく話したら、意気に感じる親方だ、おめえの働きで豆腐屋が持ち直すのなら、やってやれ、と」

「もう話をしたのかい」

「へい。今月かぎりで、左官の鏝《こて》を置きまさ。こいつとも、おさらばで」

代蔵は半纏の胸のあたりを軽くたたいた。

「こいつは驚いた。まったく思案のほかだった」

と、惣助。

「代蔵さん、ほんとにいいのかい？」

おりんが顔をのぞきこむようにしてたずねた。

「これでも、ずいぶんと思案をしたんでさ。左官が親の代からのなりわいだったとしたら、おいらも商売替えは考えなかったでしょう。でも、べつにそういうわけじゃねえ。あいにくなことに、二親ともに早く亡くしちまって、どうあっても一人で生きていかなきゃならなかったから、手っ取り早く手に職をつけようと思っただけで」

「でも、もったいない、代蔵さん」

「おいらには遠慮するな、信太」

血はつながっていないが、兄の顔で代蔵は言った。

「相模屋の豆腐は天下一品よ。吉田屋なんぞに乗っ取られてたまるか」

「そりゃうれしいけど、おいらはこんな足だ。豆を選《よ》ったり油揚げを揚げたり、見世番をしたり、力のいらない仕事しかできねえ。代蔵さんが力仕事をやってくれて、相模屋の豆腐づくりが続くんならこんなにうれしいことはないし、おとっつぁんも養生できる。おっかさんだって楽ができる。ほんとにありがたい話なんだが、おいらだけなんにもできねえのが、歯がゆくて歯がゆくて仕方ないんだ」

いつもの明るくふるまっている信太の顔ではなかった。

目尻からほおへ、つ、と初めの雨だれが伝ったかと思うと、たちまち川になった。

いままでの思いがあふれていた。流れが止むことはなかった。

「しょうがねえからいずれ見世はたたんで、こいつは居職の職人にしようかと思ってたんだ。どこかに弟子入りさせるなら早いほうがいいと……」

惣助の話を聞いていた時吉の脳裏に、ある考えがひらめいた。

(そうだ。

その手がある。

ことによると、そうすればすべてがうまくいくかもしれない)

思いついたことを、時吉はさっそく口にしてみた。

「もしよろしければ、うちで信太さんを預からせてもらいますよ」

「のどか屋さんで?」

「ええ。厨の中だけなら、たいして動かずともすむでしょう」

「でも、料理人さんはずっと立ちっぱなしでは？」

代蔵が問うた。

「なにも魚をさばいたりする料理人、より細かいことを言えば包丁人になれと言ってるわけじゃないんだ。包丁を使って大きな食材をさばくのにも力はいるし、足のふんばりも大事だからね」

時吉が言うと、信太とおりんが同時にうなずいた。

「ただ、豆腐を専門にする料理人なら、竈《かまど》や鍋などの場所を按配よくすれば、足が悪くたって十分につとまる。田楽なんぞは座ってでも焼ける」

「こんな長屋にまでお客さんが来てくれるでしょうか」

おりんが案じ声でたずねる。

「のれんを出す見世は厳しいかもしれませんが、惣菜なら買いに来てくれるでしょう。いままでの豆腐と同じですから」

「だったら、おいらが売りにいくぜ」

代蔵がまた胸をたたいた。

「なに、ちょいと天秤棒が重くなるだけだ。素のままの豆腐を奴や湯豆腐なんかで食べたいのなら豆腐を、もうこしらえてあるやつで手間を省きたいのなら、信太がのどか屋さんで修業して覚えた惣菜を買えばいい。こりゃあ、売れる。豆腐も料理も、相模屋は味で勝負だ」

「代蔵……」

惣助が絞り出すように言った。

「ありがてえ……このとおりだ」

「そんな、水くせえ、おやっさん」

代蔵は泣き笑いの表情になって、畳の上に手をついた惣助のもとへ歩み寄った。

「働きは、これからよ。まだ本式に豆腐づくりの修業をしたわけじゃねえ。来月からは、おやっさんがおいらの親方だ。よく教えてくんな。豆腐の味が落ちたと言われねえように、気張ってつくるからよ」

「ああ……頼むぜ」

「こちらも、頼みます」

信太が杖をついてきた。

「ああ、任せておきな」

時吉は立ち上がって迎えた。

「ちょいと厨が手狭だし、昼の時分どきは合戦場みたいな按配になってしまうから、そのあとから来てもらうといい。雨風の具合にもよるが、見世の前に焼き台を出すこともできる」

「はい、よしなに」

「初めは田楽だな。それから、厨が空いたら、ほかの豆腐料理を一つずつ覚えてもらおう。油揚げもある。わたしが教わったり、書《ふみ》で仕入れたりした分だけでも、料理の数はたんとある」

「みんな覚えるつもりで、修業させてもらいます」

「その意気だ」

「来月からは、おいらが豆腐づくりの修業をしたあと、のどか屋さんまでおぶっていくぜ、信太。帰りだって、迎えにいってやる。存分に覚えてこい」

代蔵は白い歯をのぞかせた。

「ありがてえ……」

「地蔵じゃあるめえし、拝まれる覚えはないよ。おめえとおれは、今日からほんとの兄弟みてえなもんだ」

「うれしいよ。こんな大きな息子ができて……ねえ、おまえさん」

「ああ、果報だ」

相模屋の夫婦は顔を見合わせてうなずいた。

これでいい、と時吉は思った。

しかし、すべてはこれからだ。

修業次第だ。

この気持ちを忘れずに励んでくれ、と祈りたい気持ちだった。

「代蔵さん……」

「おめえの兄みてえなもんだ。そう呼べ」

「兄《あに》さん」

杖と壁で不自由な体を支え、信太は片手を差し出した。

その手を、代蔵はしっかりと握った。

「頼むぞ」

「はい」

同じように澄んだ瞳に、同じように光るものがあった。

なかなかに離しがたいようだった。二人の若者は、なおしばらく顔を見合わせたまま互いの手を握り合っていた。

四

初めのうち、猫ののどかは不満そうだった。

無理もない。せっかく見世先に居心地のいいねぐらができたのに、あとから来た者に取られてしまったのだから。

しかも、炭火で焼いてくれるのが干物のたぐいならともかく、豆腐に甘めの味噌を塗ったもののときた。これでは猫の口には合わない。

昼の書き入れどきが終わると、のどか屋の見世先に焼き台が出る。雨が降っていなければ、田楽の出来端を食べられるように台も出る。

「ごめんね、のどか。そこ、ちょっとどいてね」

おちよにそう言われるから、のんびりとねぐらで昼寝をしているわけにもいかなくなった。

しかし、居心地のいい場所を探すことにかけては、猫の右に出るものはない。見世先を追われたのどかは、座敷で寝そべったり二階へ上がったりして、相変わらずの看板猫ぶりを見せていた。

信太の修業は、順調に進んだ。

朝は早く起きて豆腐づくりを手伝う。そろそろ冬のとげを増してきた井戸の冷たい水は、代蔵が掛け声も勇ましく桶で汲んで運ぶ。病んだ体に鞭打って惣助が運んでいたころより、よほどはかがいくようになった。

信太が豆を選《よ》り、家族総出で呉《ご》をつくる。惣助の教えを聞いて、代蔵がひときわ気合を入れて絞る。

しだいに息が合ってきた。ひとたび失われかけた相模屋の豆腐は、また輝きを取り戻した。豆の深い味わいがする、何もつけなくてもうまい絶品だ。

その豆腐を運びがてら、代蔵に信太をのどか屋までおぶってくる。天秤棒だと邪魔になるから、首から盥《たらい》をかけられるように安配した。

荷は軽くない。信太は案じたが、「なに、鍛えになるさ」と代蔵は笑っていた。道がぬかるんでいる日には難儀だろうが、道々、冗談も飛ばしながらしっかりと歩いた。

代蔵の思いも胸に、信太は修業に励んだ。教わることは、ひと言でも聞き逃すまいとしていた。それは教える時吉にもよくわかった。

『豆腐百珍《ひゃくちん》』という豆腐づくしの料理書まで出ているほどで、豆腐を使った料理は数多い。ただし、なかには奇をてらっただけで見世では出せないものもある。むやみに手を広げることなく、基本からていねいに教えていく道を時吉は選んだ。

まずは、田楽だ。

豆腐の水をほどよく抜く。見た目が美しく、持ちよいように串を打つ。

これがなかなかにむずかしい。蒲鉾《かまぼこ》の板などを添えて見当をつけ、ちょうどいいところへすっすっと差していくのだが、少し加減を間違うと持ち上げたときに曲がってしまう。

「焦らなくてもいい。慣れるまではいくらしくじってもいいから、気を落ち着けてやりなさい」

時吉は信太にそう言ってやった。

自分も師匠の長吉から同じことを教わった。豆腐の真ん真ん中に串を打ってやろうとすると、どうしても無駄な力が入る。そのせいで串が曲がってしまうのだ。

なかなかうまくいかなかったとき、時吉は故郷の大和梨川藩で弓の達人から教わったことを思い出した。

達人は、こう言った。

「矢を的に当てようとするさかいに外れるんや。ええか？　矢はもう当たっとる。水がさらさらと流れていくみたいに矢を放ったら、外れるはずがない。なぜやと言うたら、矢はもう的に当たっとるから。端《はな》から当たっとるんやさかい。余計な欲を持っとるから外れるんや」

まるで禅問答のようだが、不思議なもので、その教えを思い出したらうまく田楽の串を差せるようになった。

その話も信太にしてやったところ、「なんだか気が軽くなりました」という返事があった。

信太の串は、それから見違えるようになった。持ち上げても、豆腐が崩れることはなくなった。

矢はすでに的に当たっている。当てようとするから外れてしまう。自然に放つだけでいい。

その教えは、存外に深いところをついているのだな、と時吉は思った。

串を打てれば、今度は焼きだ。炭火のおこし方や、醬油《したじ》や味噌の塗り加減、そして肝心の焦げ目のつけ方まで、時吉は手本を示しながら一つずつ教えていった。

信太の吞みこみは早かった。もともと豆腐屋の跡取り息子だ。売れ残った豆腐で、母のおりんが田楽をつくってくれることもあった。その味で育ったのだから、筋が悪いはずがない。

思ったより早く、客に出せる品ができるようになった。田楽を焼くばかりでなく、客あしらいも修業のうちだ。時吉はおちよと相談し、見世先に焼き台を出すことにした。

夏なら涼み台で冷や奴やそうめん、それにところてんなどを出すところだが、日に日に秋風が冷たくなってきていた。客用の台もこしらえて、出来端をふうふうしながら食べるのがちょうどいい季節だ。

田楽が売り切れたら厨に入り、ほかの料理を教えていく。豆腐ばかりでなく、揚げと菜っ葉の炊き合わせや卯の花など、教える料理はたんとあった。

のどか屋の見世先で売られる田楽は、思いのほか評判になった。弟子が勉強がてら焼いているものだからいくらか値を下げたこともあるが、おつうの呼びこみもいい追い風になった。

修業に来る信太の身の上をかいつまんで話してやったところ、心映えのいい娘はいたく感じ入った様子だった。

「あたし、できるだけのことはします。帰りがちょっと遅くなったっていいから、信太さんのお手伝いをします」

いくらかうるんだ声で、おつうはそう言ったものだ。

のどか屋での仕事は、ちょうど入れ替わりになる。昼の書き入れどきが終わり、おつうが働きを終えたころ、代蔵に背負われて信太が修業にやってくる。だから、本来ならすれ違いになるはずなのだが、おつうは茜色のたすきを外そうとしなかった。

「田楽はいかがですか？　おいしい田楽を焼いてます」

だれにも言われなかったのに、自ら進んで呼びこみを始めた。

初めのうちは少々ぎこちなかったけれども、だんだん板についてきた。見世のほうが一段落したら、おちよも加勢に出た。

「のどか屋名物、できたてのお豆腐の田楽ですよ」

「ほっこり焼けてるよ」

「ほら、お味噌の香りがぷうんと」

「ひと口食べたら忘れられないよ」

茜だすきの二人がいい調子で掛け合っているうちに、信太の焼く田楽は飛ぶように売れていった。

「お針の仕事があるんだろう？　早く帰りなよ、おつうちゃん」

信太のほうが気を使って、そううながすこともあった。それでも、おつうは「もう少し、もう少し」と粘っていた。

その日も、そうだった。

田楽が売り切れるまで、おつうは声がしゃがれるまで呼びこみを続けていた。

「日が短くなってきたから、早く帰らないと夜なべ仕事になってしまうよ」

信太が声をかけたが、おつうはのどか屋を去りがたい様子だった。

「でも、今日は清斎先生のご診察でしょ？　なんだか気になって」

「案じてくれるのかい。そりゃありがたいけど、おつうちゃんに立ち会ってもらうわけにはいかないから。日が暮れたら油代がもったいないし、お針の仕事をするのに目も悪くなってしまうよ」

信太が細かい心遣いをすると、おつうも潮時だと思ったのか、時吉とおちよにあいさつをして帰っていった。

まもなく、入れ替わりのように清斎が来た。

妻の羽津《はつ》にも医術の心得があるから、任せられる患者は残して急いで出てきたらしい。

信太の修業は今日は打ち切り、代蔵とともに相模屋へ医者を案内《あない》することになった。

「では、よしなに」

「はい。帰りにまたこちらに寄ってお話ししますよ」

清斎はそう言って、のどか屋をあとにした。

「いい診立てだといいんだけど」

三人を見送ったあと、おちよがぽつりと言った。

「せっかく車がうまく動きだしたんですからね」

「そうそう。みんなで息を合わせて大八車を押したら、やっとうまい調子に動きはじめたんだから、このまま坂を上りきってくれたらと」

「きっと富士のお山が見えますよ。目を瞠《みは》るほどきれいな山がね」

時吉は笑顔を見せた。

ややあって、珍しい客がのれんをくぐってくれた。

もう一人のおつうだ。

たまにのどか屋で出る「夏がすみ寿司」のいわれになった女で、連れている娘がずいぶん大きくなったから驚いた。のどかを指さして「ねこ」と言ったりする。おつうは優しい母の顔で、娘に相模屋の豆腐などを食べさせていた。

「実は、おつうちゃんっていう娘さんにお見世を手伝ってもらってるんです。昼だけだから、もう帰っちゃったけど」

おちよが言った。

「まあ、それは」

「これも何かの縁でしょう」

と、時吉。

「どうかよしなに、と」

「お祈りでもしてやってくださいな。そのうち、だれかいい人でも見つかりますようにって」

「分かりました。近所のお地蔵さまに願を懸けてきます」

もう一人のおつうは真顔で答えた。

かつて縁があった人々のいい消息を聞くのは快いものだ。喉ごしのいい酒を呑んだときのようだ、と時吉は思う。

そういえば、「味くらべ」の紅葉屋《もみじや》も、「うきくさの花」の平太《へいた》の見世も繁盛しているらしい。結構なことだと、時吉とおちよはわが事のように喜んだ。

おぼつかない足取りでよちよち歩く子の手を引いて去っていく母を見送ると、二人はのどか屋に戻った。それからは、時の経つのが馬鹿に長く感じられた。なかなか清斎が戻ってこなかったからだ。

そのうち、季川が来た。暇がふんだんにあり、句会などにも顔を出している隠居は、日の暮れがたになってふらりと姿を現すこともある。

信太のいきさつはもう話してあり、顔合わせも済んでいる。隠居は折にふれて「気張りすぎずにおやんなさい」と優しい声をかけていた。

「これは信太が下ごしらえをしてくれたんですが、なかなかきれいにそろってるでしょう？」

時吉はそう言って、六方焦着豆腐《ろっぽうやきめ》を差し出した。

大きなさいころといった趣の豆腐だ。その六面にこんがりと焼き目をつけ、大根おろしや刻み葱《ねぎ》を添え、醬油をかけていただく。

油は胡麻油がいい。いたって曲《きょく》のない料理だが、ぱりっとした狐色の焦げ目がつくと実にうまく、豆腐本来の味も損なわない。

「手先は器用そうだね」

「ええ。串打ちの要領も早く呑みこんでくれましたから」

「この按配なら、そのうち時さんの教えることがなくなるよ」

「そうですね」

「ほんとによくやってくれてます」

と、おちよ。

「なら、惣菜屋が見世開きするときは一句贈ってあげないとね」

隠居が気の早いことを言ったとき、ようやく清斎が戻ってきた。

惣助の具合がどうだったか、顔を見ただけでは分からない。とにもかくにも、一枚板の席をすすめて茶を出した。

「ご苦労さまでございます」

「ええ。ちょっと長くなってしまいましたが」

「で、いかがでしたか？」

まず隠居がたずねた。

「芳《かんば》しからぬ病ではありますが、光明《こうみょう》のごときものはなくもないかと」

清斎は微妙な言い回しをした。

「すると、治るのはなかなかにむずかしいと」

「身のうちに瘍《よう》があるようです。それは過《あやま》たぬところで」

「なるほど、隔《かく》症（癌）でしょうか」

医者は茶をゆっくりと啜ってからうなずいた。

「ただし、相模屋の惣助さんはそれなりのお齢《とし》ですから、勢いのある出水にはなりません。これが若い患者さんだと、ことによるともう手の施しようがなかったかもしれませんが」

清斎はそんなたとえを出した。今年はほうぼうで出水があったから、ことに分かりやすい。

「お若いと、水の勢いが増してしまうわけですな」

と、隠居。

「ええ。堤を築こうにも手遅れということが間々あります。いずれ医術が進めば、いまは治らぬ病もすべて治るようになるでしょう。寿命が先へたんと延びましょう。わたしとしても、なかなかに歯がゆいものがあるのですが……」

「で、相模屋さんの病は、堤を築けるんでしょうか、先生」

おちよが待ち切れないとばかりにたずねた。

「それもまた、難問でしてね。隔症については、まだ残念ながら確たる療法が生まれておりません。身のうちに悪しき瘍ができるゆえ、それを首尾よく取り除いて旧に復すことができれば治癒に至るはずなのですが、深いところに生じたものについては手の施しようがありません」

「相模屋さんの瘍はどこに？」

時吉がわずかに身を乗り出す。

「このあたりです」

清斎は胸から喉のあたりを手で示した。

「どうやら瘍は一つだけではないようです。瘍というものは飛び石のごとくに増えていったりするものですから」

「すると、もはや打つ手は……」

「ただ、養生をして、気を強くもつことによって、瘍をこのままの大きさで保つことはできます。いえ、たとえ大きくなるとしても、その度合いが微々たるものであれば命永らえることができるのです。そうなれば、もはや大往生を遂げるのとさほどの変わりはありません」

「では、相模屋さんもそうなるかもしれないんですね？」

おちよが祈るような目で見た。

「望みは、あります」

自らに言い聞かせるように言うと、清斎は残りの茶を啜り、湯呑みを静かに一枚板の上に置いた。

「もっとも、まったく本復して以前と同じ力仕事ができるようになるかといえば、それはちょっとむずかしかろうと思います。養生がなにより肝要だと本人にもよく言っておきました」

「無理は禁物っていうわけですね。なにごともほどほどに」

隠居は猪口の酒をいつもより控えめに呑んだ。

「そうです。豆腐屋は跡継ぎができて、息子さんはこちらで惣菜づくりの修業をしている。心安んじてあとを任せて、ほどほどに歩いたり湯に浸かったり、調子がよければ湯治へ足を延ばしたり、そんな暮らしを続けていれば、まだまだ寿命を先へ延ばすことができるでしょう。もちろん、食べるものにも十分に気を使ってね」

「お豆腐屋さんだから、そのあたりは養生によさそうですね」

と、おちよ。

「豆を絞るときにできる乳は、とてもよい養いの素になります。卯の花や油揚げを使った料理、もちろん豆腐を使った料理もそうですが、そのあたりをうまく組み合わせて、体にどんどんいい風を送ってやればよろしかろうと」

「いっそのこと、信太の惣菜屋は養いを表に出してもいいかもしれません」

時吉は思いついたことを口にした。

「ああ、それはいいかもしれませんね。養いの素になる惣菜というのは、いい看板になりましょう」

「なら、先生、一筆したためてくださいまし」

おちよが水を向けた。

「いや、わたしは悪筆なもので。文案なら喜んで考えますが、字はご隠居さんにお願いしますよ」

「はは、そりゃお安い御用だよ」

話が決まり、のどか屋に和気が満ちた。

時吉はちらりと座敷を見た。

以前は夜になるとよく出かけていた猫ののどかだが、よほど見世が落ち着くのか、このところは日が暮れても座敷の隅でのほほんと寝ている。いまようやく起きて大きなあくびをしたところだ。

「相模屋さんは、せっかくここまで坂を上ってこられたんですからね」

医者の茶は酒に変わっていた。

隠居が注いだ酒を口元に運び、呑み干してから続ける。

「できることなら、ゆっくりゆっくり、景色を楽しみながら下っていっていただきたいものです。若くして一念発起して京へ上り、ずいぶんつらい修業をしていまのおいしい豆腐をつくれるようになったと聞きました。いままではさぞや働きづめだったでしょうから、ここいらで重い荷を下ろして、できるだけ、ゆっくりと」

「遠くに富士のお山が見えるかもしれないしね」

と、季川。

「春になったら、また花も咲きます」

「べつに春まで待たずとも、卯の花だって花のうちだよ。ま、そのうちいいたよりもあるさ」

隠居はそう言って、今度はいつもの調子で猪口を傾けた。

五

本当にいいたよりがあった。

災難が続いた一年だったが、少なくとものどか屋にとっては、師走に思いがけないほどいいたよりが舞いこんできた。

「あんた、やっぱり福猫だよ」

おちよがのどかにえさをやるとき、そう語りかけたほどだ。

一のたよりに続いて、段取りはとんとんと進んだ。

相模屋の造りをいくらか変え、間口は狭いが惣菜屋を開くことになった。養いの素になる惣菜が売り物だから、名は「養菜屋」とした。

すでに季川が看板の文字を書き終えている。いつもながらの、うなるような達筆だ。

「ちゃんと字を覚えなきゃ」

信太はそう言って、合間におそうとともに稽古をしていた。その様子を、時吉とおちよはほほえましそうに見守っていた。

豆腐料理はあらかた教え終わった。華豆腐もきれいに開くようになったし、飛竜《ひりよう》頭《ず》の味も格段によくなった。もとより、惣菜屋だからむやみに品数は多くなくていい。代蔵が振り歩く天秤棒にうまく乗るものでもなければならない。

そう考えると、もう教えることはなかった。あとはみなで相談しながらおいおい工夫していけばいい。

「この味なら、大丈夫ね」

信太が代蔵に背負われて帰ったあと、卯の花の味見をしながらおちよが言った。

「若いけど、いままでの苦労が味に出ているような気がします」

時吉は答えた。

かつて師匠の長吉から言われた。

苦労は味に出る。つらければつらいほど、味は深くなる。一膳や一椀のありがたみが、身にしみて分かるからだ、と。

「でも、お揚げの炊き合わせなんかは、ほっこりとした感じで」

「あれは京風の味つけですからね」

「あのお惣菜に売り声が加わったら、鬼に金棒ね」

「鬼、ってのはどうですか」

「なかには優しい鬼もいるでしょうに」

いつのまにか、そんなふうに話がそれた。

「で、『豆腐百珍』に載ってるお料理はみんな教えたの？」

おちよがたずねた。

「いえ。手間がかかるばかりで、あんまりおいしくないものもあるので」

「ああ、そういえば、おとっつぁんもそう言ってた」

「たとえば、煮抜き豆腐などは、朝から晩までだし汁をたしながらことことと煮ていく料理です。すっかりスが入るまで煮るわけですから大変な手間なんですが、さてうまいかとなると、まあ話の種にはなるかという程度で」

「通人向けのお料理ね」

「そうです。惣菜屋にはまったく向きませんから」

「そしたら、そういった使えないお料理のほかは、ひととおり教え終わったと」

「一つだけ残ってるんですが、それはあえて残しておいたんです」

時吉は謎めいたことを言った。

「一つだけ？」

「ええ。それは最後に教えてあげようと思いましてね。なんと言っても……」

時吉がわけを話すにつれて、おちよの顔が輝いてきた。


その日が来た。

冬の豆腐屋は、月あかりに照らされて働きだす。

吐く息まで凍えそうな早朝だ。井戸のまわりには霜が下りている。相模屋を継いだ代蔵は手桶を持ち、いのちの水がわく井戸へ向かった。

柏手を打つ。今日もいい豆腐がつくれるようにと、神に祈る。

その音はいつもよりひときわ高かった。今日は特別な日だからだ。

水桶を引き上げたとき、うしろに人の気配がした。

「おれがやる」

惣助が言った。

ゆっくりと歩み寄ってくる。その姿を、戸口からおりんと信太が見守っていた。

「おやっさん、力仕事はおいらが」

代蔵はあわてて答えた。

「今日は、信太の、門出だ」

一言《いちごん》一言をかみしめるように、惣助は言った。

「最後の豆腐を、つくらせてくれ。水汲みから、やらせてくれ」

年季を積んできた豆腐職人の横顔を、月あかりが照らす。東の空が、井戸の底の水のように白んできた。

「分かりました……気をつけて」

代蔵は桶を渡した。

「ああ」

腹のあたりをぽんとたたくと、惣助は井戸に向かった。

（清斎先生に言われたとおり、養生につとめている。口は出しても、手は動かさねえように気をつけてる。

だが、よ。これだけはやらせてくだせえ。信太の門出の豆腐だ。

これをつくって、料理になりゃ、もう思い残すことはねえ。心安んじて、隠居させてもらいます)

そんなことを思い巡らしながら、惣助は水を汲みはじめた。

老いた職人は思い出す。

あのときの水も冷たかった。京の豆腐屋で初めて井戸の水汲みをさせられた朝のことが、その指がちぎれそうになるような水の冷たさが、ついいましがたのことのように思い出されてきた。

あれからいろいろなことがあった。笑い、泣きながらも、豆腐づくりの道をまっすぐに歩いてきた。

その道の果てに、最後の豆腐がある。門出の一丁がある。それだけは、なんとしてでもわが手でつくりたかった。

釣瓶《つるべ》の水を桶に移す。昔なら一度にたくさん運べたが、さすがに加減をした。天秤棒も使った。

霜を踏みながら、何度もゆっくりと運んでいるうち、空はさらに明るんできた。やがて、初めの光が差しこみ、江戸の家並みをほんのりと浮かびあがらせるころ、惣助の水汲みは終わった。

病の身にはかなりこたえた。見かねて信太が言った。

「今日は長い。気持ちは分かるけど、勘どころだけやっておくれ、おとっつぁん」

「そうだよ。晴れの席におまえさんがいなかったら、洒落にならないよ」

と、おりん。

「絹ごしはまだつくったことがねえんで。その要《かなめ》のとこを、おやっさんにやってもらいまさ」

代蔵にもそう言われたから、惣助はもうこれ以上の無理は言わなかった。

「おやっさんが井戸から汲んでくれた水だ。仕上げをやってもらったら、おやっさんの豆腐になりまさ」

もうひとかどの豆腐職人の顔で代蔵は言った。

「分かった。ありがとよ」

惣助はそう答えてうなずいた。

それからしばらくは、家族総出の豆腐づくりが続いた。石臼は代蔵と惣助が二人で回した。代蔵が力で、惣助は気で回した。

どこからも邪魔は入らなかった。代蔵に相模屋を継がせるという話を聞きつけた吉田屋は、先日、手下を連れてまた性懲りもなく顔を見せた。

しかし、もう無理は通らない。下手な手出しもできない。うちの得意先を取ったりしたらただじゃすまないからね、とせめて凄んでみせるのが関の山だった。

いい香りのする豆乳を箱に流しこむ。今日は小ぶりの箱も準備した。それが絹ごし豆腐になる。

いつもなら型に入れて水気を絞り、江戸の客の口に合うような堅さの豆腐にする。しかし、今日の料理は絹ごしでなければならない。と言っても、やわらかすぎてもいけない。ほどほどに腰のある絹ごしを、とのどか屋の時吉からはむずかしい注文が出ていた。

惣助は意気に感じた。

修業先の京でつくっていた豆腐だ。腕が、目が、鼻が憶えている。この豆腐に始まり、この豆腐で終わるのは、職人にとっては本望といえた。

「おやっさん、お願いします」

代蔵が場を空けた。

「おとっつぁん……」

信太が声をかけたが、あとが続かなかった。

おりんはうなずくばかりだ。

家族が見守るなか、惣助はゆっくりと豆乳を混ぜていた。まるでまじないをかけるような動きだった。

味を見て、指先にたらす。

二本の指でその感触をたしかめると、惣助は小さい柄杓《ひしゃく》をつかみ、ほんの少しだけ上澄みをすくった。

「これでいい」

万感の思いをこめて、惣助は言った。

「あとは、固まるのを待てばいい」

そう言うと、惣助は柄杓を置いた。

相模屋惣助、最後の豆腐づくりが終わった。

「あせらず、ゆっくりやれ」

時吉が言った。

「はい」

信太が手を動かす。

相模屋の仕事場の並びに、養菜屋の厨ができていた。座って仕事ができるように、竃《へっつい》などはどれも信太に合わせたこしらえになっている。

焼き台もある。串もたんと用意した。味噌や山椒もふんだんにある。醬油と味醂は安房屋の隠居が祝いに差し入れてくれた。明日は疲れがあるだろうから休みだが、あさってからは晴れて養菜屋が開く。信太の見世が門出をする。

時吉は最後に、餞《はなむけ》の料理を教えることにした。『豆腐百珍』のなかで、これだけ残しておいた料理だ。

結び豆腐。

薄めに長く切った絹ごし豆腐を、ぬるめの湯の中で慎重に結ぶ。美しく結ばれた白い豆腐は、椀に入れると映える。むろん、味噌汁ではいけない。すきとおるような澄まし汁を張れば、豆腐が蝶のようにきらめく。

しかし、見た目よく結ぶのはなかなかにむずかしい。初めのうち、時吉もできずに苦労した覚えがある。

「女房を扱うと思って、ていねいにやってやれ」

信太の肩にいくらか力が入りすぎているので、時吉は冗談めかして言った。

「いや……そう言われると、なんだかかえって余計な力が入っちまうもので」

信太がそう答えたから、まわりから思わず笑いがもれた。

「でも、いいよなあ、信太。すっかり先を越されちまって」

と、代蔵。

「相済みません、兄《あに》さん」

「まあ、いいさ。なんにせよ、めでてえこった」

「ほんに、ありがたいことで。ね、おまえさん」

「ああ……ありがてえ」

惣助が両手を合わせた。

「そいでも、のどか屋さんはええれえ迷惑かもしんねえぞ」

代蔵が言う。

「ああ、迷惑だよ。また代わりを探さなきゃなうないんだから」

時吉は笑みを浮かべて答えた。

「相済みません」

「謝らなくてもいいから、手を動かせ。そこでも縁を結ぶんだ」

「はい」

そう、縁が結ばれていた。

結び豆腐を最後に残したのには、わけがあった。

婚礼の料理のために、あえて残しておこうと思ったのだ。

そう、信太とおつうの婚礼の。

まさに、話はとんとんと進んだ。

信太がのどか屋で修業に励んでいるあいだ、おつうはなかなか帰らず、焼き台のかたわらで売り声をあげていた。足こそ不自由だが目の澄んだ若者を、おつうはひと目で気に入ったのだ。

どうやらそれは信太も一緒だったらしい。まず代蔵に打ち明け、そのお膳立てで出世不動にお参りしたこともあったようだ。

おつうに身寄りはない。父は仏師の修業へいったきり、いまだに何の音沙汰もない
……ということになっている。のどか屋の二人が親代わりだが、むろん不承知なわけはなかった。

嫁入りするのなら、惣菜屋を開くのに合わせたほうがいい。おつうの明るく華やいだ声で呼びこみをすれば、信太がつくる田楽や惣菜もよりたくさん売れるだろう。心映えのいい働き者だから、豆腐づくりも手伝えるし、惣助の具合がもし悪くなったとしても、本当の親のように看病できるだろう。

幸い、相模屋の人々も、おつうをいたく気に入ってくれた。神様がこの娘さんをつかわしてくだすったみたいだ、と拝まんばかりだった。

こうして、何の滞《とどこお》りもなく、おつうの嫁入りの日取りが決まった。のどか屋はまた昼どきの看板娘を探さなければならなくなったが、それはうれしい苦労だった。

よき日を選んだ婚礼は今夜だが、さほど構えたものではない。長屋の者や親戚しか来ない。その限られた人々に供する椀が、いま信太がつくっている結び豆腐だった。

言わば、世話になった方々へのお披露目《ひろめ》の一品だ。婚礼の料理としても、実にふさわしい。そんなわけで、この晴れの日のために、時吉は結び豆腐だけわざと残しておいたのだった。

信太の手先なら、勘どころをつかめればすぐ結べるようになる。当日に教えても十分なはずだ。

時吉がそう読んだとおりだった。

「こんな按配でようございましょうか、師匠」

信太が椀を見せた。

どうやらこつをつかんだらしい。格段にうまくなっていた。

「上出来だ」

時吉はすぐさまお墨付きを与えた。

結び目もさることながら、両端の出方がきれいにそろっている。ここがふぞろいだとどこか片づかない気分になるものだが、信太が示したものはしっくりと定まっていた。

「凄えな、信太。おいらだったら百年かかるぜ」

代蔵が大げさなしぐさをしたから、みな笑顔になった。

雛《ひな》のような二人が並んだ。

時吉が前に料理をつくったあの膳とは違う。それはまさに倖《しあわ》せの、そして、喜びの一膳だった。

目を引くのは鯛くらいで、あとはつつましやかな祝膳だった。結び豆腐を初めとして、飛竜頭や卯の花など、宴《うたげ》に供されるものはあらかた新郎の信太がつくった。

「うめえな」

「これなら毎日買ってもいいぜ」

「ほんに、ちょうどいい味つけで」

評判は上々だった。

惣助は感無量の面持ちだった。今日は朝早く起きて最後の豆腐をつくった。そのせいで昼過ぎから少しばかり寝込んでしまって案じられたが、祝言が近づくと見違えるようにしゃきっとした。

「次にみなが寄ってくれるのは、てっきりおれの葬式だと思ってたのによう。とんだあて外れだったぜ」

そんな冗談まで出るほどで、ふだんは控えている酒を、おりんの顔色をうかがいながらも勧められるままに呑んでいた。

「花嫁はちんまりと座ってな」

「働き者だねえ」

「ま、これなら相模屋も惣菜屋も安心だがよ」

酒を注ぎにくるおつうに向かって、客たちは口々に言った。

「なんだ、もう尻に敷かれてるのかよ」

「一つ姉さんなんだから、まあ、ちょうどいいさ」

「これから大変だな。惣菜も子もつくんなきゃならねえんだから」

おつうのうしろからあいさつに回ってきた信太は、しきりに冷やかされていた。

時吉はもとより、おちよも招かれていた。並んで座り、新郎新婦のほほえましい姿に目を細める。

「ほんとに何から何まで、お世話になりました」

おつうがまず二人にあいさつをした。

「初めから、あんまり気張りすぎないようにな」

と、時吉。

「寂しくなるわね。看板娘が一人いなくなっちゃって」

おちよが言った。

「ごめんなさい。あたしの代わりは、のどかにやってもらってください」

「うーん、あの子、愛想だけはいいんだけど、お運びができないからねえ」

「猫が運んだらかわいいかも。ほんとに、のどかを毎日なでられなくなるのはさみしいんですけど」

「あ、それなら、のどかがいずれ子猫を産んだらあげるわ」

「そうですね。それはぜひ。養菜屋の看板猫に育てますから」

ここでも、とんとんと話がまとまった。

信太も来たから、隠居の季川から預かってきた餞《はなむけ》の色紙を渡した。

こうしたためられていた。

天高しいのち養へとこしへに

「どちらかと言うと、お見世を開く祝いみたいだなと笑ってましたけど、ご隠居さん」

「ありがたく存じます」

信太は押しいただくようにして受け取った。

向こうのほうでは、相模屋の新旧のあるじ、惣助と代蔵が付き合いの長い豆問屋の番頭と話しこんでいた。

祝言の宴ではあるが、惣助が隠居して代蔵があとを継ぎ、息子の信太は惣菜屋を開くというお披露目も兼ねている。いままで付き合いのあった人々は抜かりなく呼んで、どうかよしなにと伝えた。

これで、惣助の仕事はすべて終わった。あとは心安んじて養生につとめればいい。

「おちよさんにも、できれば一句お願いします」

おつうが笑顔で請うた。

「えー、考えてこなかった」

「これなんか、いい俳句になりそうですけどね」

時吉が椀を取り上げた。

「ほんと、食べるのがもったいないみたいだけど」

おちよも手に取る。

時吉の指導を受けて、結び豆腐の椀に張る澄まし汁も信太がつくった。かつおだしのいい香りが、ぷうんと鼻孔《びこう》をくすぐる。

それを嗅いだとき、恩寵のように言葉が降ってきた。

「できましたね」

と、時吉が言った。

のどか屋でおちよと一緒に過ごす時も、いつのまにか長くなった。顔を見ればすぐ分かる。

「できました」

おちよはそう言って矢立を取り出し、ほどなく一句したためた。

夕紅葉結べる縁の美しく

「ちょっと季が戻るけど、今年の紅葉はきれいだったから」

おちよは言った。

本当にそうだった、と時吉は思い出す。茜の光を浴びてさんざめく黄や赤の紅葉まで、のどか屋で出会った若い二人の門出を祝しているかのようだった。

「いい句ですね」

時吉はそう言って、結び豆腐を食した。

いささか緊張のまなざしで、信太が師匠の顔を見る。

「うまくできてる。それに、豆腐もいい。絶品だ」

世辞ではなかった。

少し腰のある絹ごし豆腐が湯の中できれいに結ばれ、澄まし汁をほどよく吸っていた。

「おとっつぁんがつくってくれた、最後の豆腐なんで」

「ああ……よかったな」

「はい」

ほかに言葉はいらなかった。

「結べる縁の、美しく」

おつうがおちよの句を声に出して読む。

美しいのは、縁ばかりではなかった。花嫁は見違えるほど美しかった。

時吉にうながされ、おちよも結び豆腐を食べた。

「……おいしい」

と、おちよは言った。

いつも、のどか屋で見せている笑顔だった。


いい月が出ていた。

ほっこりとした心持ちでそれをながめながら、時吉はおちよとともにのどか屋へ戻っていった。

あっと言う間に一年が暮れていく。今年もさまざまなことがあった。いくたびも災いが起きた。多くの人々が難儀をし、涙を流した。

それでも、江戸の暮らしは続いている。たとえ険しい坂があっても、生きてさえいれば、いずれ笑いの花が咲く。

今日のあたたかい婚礼を思い出しながら、時吉はそんなことを思い巡らせていた。

「いい祝言でしたね」

おちよが言った。

その足元を、時吉が提灯で照らす。

「ほんとに。おつうちゃんの父親がいれば、とふと思いましたが、あれはあれでよかったんでしょう」

「まだ気づいてないみたいね」

「信太にも判じ物の答えは見えていないようです。あの『うまいものづくし』から何か惣菜を、とか言ってましたから」

「座禅豆はいいかも」

「牛蒡餅《ごぼうもち》も、江戸の初めからある古い菓子ですが、甘みを抑えて惣菜風にすれば面白いかもしれません」

「おつうちゃんがおとっつぁんに教わったことにしてね」

「それでいいでしょう」

角を曲がると、月あかりがさらに濃くなった。

ああ、そうだった、と時吉は思い出す。

ここは蛍火の道だった。

たましいの光が流れていった。

いまごろ、あの老夫婦はどこを旅しているだろうか。

「夫婦《めおと》って、いいですね」

おちよがぽつりと言った。

「え？」

時吉が問い返す。

「あたしも祝言をあげたことはあるけど、べつに好き合ってたわけじゃないし、あんなことになっちゃったから。まだ見世の前も通ってやらない」

おちよは嫁入り先で姑からむごい仕打ちを受け、捨てぜりふを残して家を飛び出した。今日、おつうと信太の祝言の宴に出て、思わずわが身と引き比べてしまったようだった。

時吉は黙っておちよの行く手を照らした。

思いついた言葉はあったが、言い出しかねた。

次々に注ぎにくるから、今夜はかなり酒を過ごしてしまった。酒の勢い、ということにはしたくなかった。

いずれ、時は来る。

潮が満ちる。

胸の匣《はこ》の中に、時吉は言葉をそっとしまった。

「あっ」

おちよが夜空を指さした。

美しい線を曳《ひ》いて、星が流れていった。

それはほんの一瞬だけこの世に姿を現し、儚《はかな》いけれども忘れがたい余韻を残して消えていった。

「料理みたいでしたね」

ややあって、時吉はいささか唐突なことを口走った。

「料理？」

おちよがいぶかしげな顔つきになった。

「思い出の一皿、もいまの流れ星みたいなものでしょう」

言葉が足りないかとも思ったが、おちよには通じた。

「……そうかも」

おちよは少し考えてから答えた。

そして、業《ごう》と言うべきかどうか、俳句を思案しはじめた。

「星流るとき思ひ出す料理かな……うーん、もう一つかな」

首をひねり、さらに思い巡らせる。

「じゃあ……星見ればふと思ひ出す皿のあり」

「それなら、人、でもいけそうですね」

「星見ればふと思ひ出す人のあり……ほんとだ、このほうがいいかも」

おちよはそう言って笑った。

時吉の脳裏に、さまざまな懐かしい顔が浮かんで消えた。

星を見れば、思い出す。

この先も、ずっと。

のれんを出していれば、思い出が増える。

皿が積み重なるように、思い出は増えていく。

明日もまた、しっかりと包丁を磨いて、厨に立とう。

時吉は気持ちを新たにした。

のどか屋が近づいた。

みや、と短くないて、猫がかたわらをすりぬけていく。

「なんだ、のどかじゃない」

「けんかするんじゃないぞ」

二人の声が聞こえたのかどうか、猫はふと立ち止まった。

しっぽをぴんと立てたまま、ふしぎそうに月を見ている。

「のどか、や」

「おい、のどか」

今度はちゃんと聞こえたようだ。

振り向いてこちらを見ると、またひと声「みゃ」とないた。

そして、どこかへいっさんに駆け出していった。

時代小説
二見時代小説文庫

結《むす》び豆腐《どうふ》 小料理《こりょうり》のどか屋《や》 人情帖《にんじょうちょう》3

著者 倉阪鬼一郎《くらさかきいちろう》

発行所 株式会社 二見書房
東京都千代田区三崎町二－一八－一一
電話 〇三－三五一五－二三一一［営業］
〇三－三五一五－二三一三［編集］
振替 〇〇一七〇－四－二六三九

印刷 株式会社 堀内印刷所
製本 ナショナル製本協同組合

落丁・乱丁本はお取り替えいたします。
定価は、カバーに表示してあります。

©K. Kurasaka 2011, Printed in Japan. ISBN978－4－576－11100－1
http://www.futami.co.jp/

人生の一椀 小料理のどか屋 人情帖1
倉阪鬼一郎［著］

もう武士に未練はない。一介の料理人として生きる。一椀、一膳が人のさだめを変えることもある。剣を包丁に持ち替えた市井の料理人の心意気、新シリーズ！

倖せの一膳 小料理のどか屋 人情帖2
倉阪鬼一郎［著］

元は武家だが、わけあって刀を捨て、包丁に持ち替えた時吉の「のどか屋」に持ちこまれた難題とは…。心をほっこり暖める時吉とおちよの小料理。感動の第2弾

一万石の賭け 将棋士お香 事件帖1
沖田正午［著］

水戸成圀は黄門様の曽孫。御俠で伝法なお香と出会い退屈な隠居生活が大転換！藩主同士の賭け将棋に巻き込まれて…。天才棋士お香は十八歳。水戸の隠居と大暴れ！

大江戸三《さん》男《おとこ》事件帖 与力と火消と相撲取りは江戸の華
幡大介［著］

欣吾と伝次郎と三太郎、身分は違うが餓鬼の頃から互いに助け合ってきた仲間。「は組」の娘、お栄とともに旧知の老与力を救うべくたちあがる…シリーズ第1弾！

仁王の涙 大江戸三男事件帖2
幡大介［著］

若き三義兄弟の末で巨漢だが気の弱い三太郎が、ひょんなことから相撲界に！戦国の世からライバルの相撲好きの大名家の争いに巻き込まれてしまった…

八丁堀の天女 大江戸三男事件帖3
幡大介［著］

富商の倅が持参金つきで貧乏御家人の養子に入って間もなく謎の不審死。同時期、同様の養子が刺客に命を狙われて…。北町の名物老与力と麗しき養女に迫る危機！

居眠り同心 影御用 源之助 人助け帖
早見俊［著］
凄腕の筆頭同心がひょんなことで閑職に……。暇で暇で死にそうな日々に、さる大名家の江戸留守居から極秘の影御用が舞い込んだ。新シリーズ第1弾！

朝顔の姫 居眠り同心 影御用2
早見俊［著］
元筆頭同心に御台所様御用人の旗本から息女美玖姫探索の依頼。時を同じくして八丁堀同心の不審死が告げられた。左遷された凄腕同心の意地と人情。第2弾！

与力の娘 居眠り同心 影御用3
早見俊［著］
吟味方与力の一人娘が役者絵から抜け出たような徒組頭次男坊に懸想した。与力の跡を継ぐ婿候補の身上を探れ！「居眠り番」蔵間源之助に極秘の影御用が…！

犬侍の嫁 居眠り同心 影御用4
早見俊［著］
弘前藩御馬廻り三百石まで出世した、かつての竜虎と謳われた剣友が妻を離縁して江戸へ出奔。同じ頃、弘前藩御納戸頭の斬殺体が江戸で発見された！

草笛が啼《な》く 居眠り同心 影御用5
早見俊［著］
両替商と老中の裏を探れ！北町奉行直々の密命に居眠り同心の目が覚めた！同じ頃、母を老中の側室にされた少年が江戸に出て…。大人気シリーズ第5弾

公家武者 松平信平《のぶひら》 狐のちょうちん
佐々木裕一［著］
後に一万石の大名になった実在の人物・鷹司松平信平。紀州藩主の姫と婚礼したが貧乏旗本ゆえ共に暮せない。町に出ては秘剣で悪党退治。異色旗本の痛快な青春

神の子 花川戸町自身番日記1

辻堂 魁［著］

浅草花川戸町の船着場界隈、けなげに生きる江戸庶民の織りなす悲しみと喜び。恋あり笑いあり人情の哀愁あり、壮絶な殺陣ありの物語。大人気作家が贈る新シリーズ第1弾！

夜逃げ若殿 捕物噺 夢千両すご腕始末

聖 龍人［著］

御三卿ゆかりの姫との祝言を前に、江戸下屋敷から逃げ出した稲月千太郎。黒縮緬の羽織に朱鞘の大小、骨董目利きの才と剣の腕で江戸の難事件解決に挑む！

夢の手ほどき 夜逃げ若殿 捕物噺2

聖 龍人［著］

稲月三万五千石の千太郎君、故あって江戸下屋敷を出奔。骨董商・片倉屋に居候して山之宿の弥市親分とともに謎解きの才と秘剣で大活躍！大好評シリーズ第2弾

はぐれ同心 闇裁き 龍之助 江戸草紙

喜安幸夫［著］

時の老中のおとし胤が北町奉行所の同心になった。女壺振りと島帰りを手下に型破りな手法と豪剣で、悪を裁く！ワルも一目置く人情同心が巨悪に挑む新シリーズ

隠れ刃 はぐれ同心 闇裁き2

喜安幸夫［著］

町人には許されぬ仇討ちに人情同心の龍之助が助っ人。敵の武士は松平定信の家臣、尋常の勝負はできない。〝闇の仇討ち〟の秘策とは？大好評シリーズ第2弾

因果の棺桶 はぐれ同心 闇裁き3

喜安幸夫［著］

死期の近い老母が打った一世一代の大芝居が思わぬ魔手を引き寄せた。天下の松平を向こうにまわし龍之助の剣と知略が冴える！大好評シリーズ第3弾

老中の迷走 はぐれ同心 闇裁き4
喜安幸夫［著］

百姓代の命がけの直訴を闇に葬ろうとする松平定信の黒い罠！龍之助が策した手助けの成否は？これぞ町方の心意気、天下の老中を相手に弱きを助けて大活躍！

剣客相談人 長屋の殿様 文史郎
森 詠［著］

若月丹波守清胤、三十二歳。故あって文史郎と名を変え、八丁堀の長屋で貧乏生活。生来の気品と剣の腕で、よろず揉め事相談人に！心暖まる新シリーズ！

狐憑きの女 長屋の殿様 剣客相談人2
森 詠［著］

一万八千石の殿が爺と出奔して長屋暮らし。人助けの万相談で日々の糧を得ていたが、最近は仕事がない。米びつが空になるころ、奇妙な相談が舞い込んだ……

赤い風花《かざはな》 剣客相談人3
森 詠［著］

風花の舞う太鼓橋の上で旅姿の武家娘が斬られた。瀕死の娘を助けたことから「殿」こと大館文史郎は巨大な謎に立ち向かう！大人気シリーズ第3弾！

奇策 神隠し 変化侍柳之介1
大谷羊太郎［著］

陰陽師の奇き血を受け継ぐ旗本六千石の長子柳之介は、巨悪を葬るべく上州路へ！江戸川乱歩賞受賞のトリックの奇才が放つ大どんでん返しの奇策とは？

御用飛脚 変化侍柳之介2
大谷羊太郎［著］

幕府の御用飛脚が箱根峠で襲われ、二百両が奪われた。報を受けて幕閣に動揺が走り、柳之介に事件解決の密命が下った。幕閣が仕掛けた恐るべき罠とは？

日本橋物語　蜻蛉屋お瑛
森　真沙子［著］

この世には愛情だけではどうにもならぬ事がある。土一升金一升の日本橋で店を張る美人女将が遭遇する六つの謎と事件の行方……心にしみる本格時代小説

迷い蛍　日本橋物語2
森　真沙子［著］

御政道批判の罪で捕縛された幼馴染みを救うべく蜻蛉屋の美人女将お瑛の奔走が始まった。美しい江戸の四季を背景に人の情と絆を細やかな筆致で描く第2弾

まどい花　日本橋物語3
森　真沙子［著］

〝わかっていても別れられない〟女と男のどうしようもない関係が事件を起こす。美人女将お瑛を捲き込む新たな難題と謎…。豊かな叙情と推理で描く第3弾

秘め事　日本橋物語4
森　真沙子［著］

人の最期を看取る。それを生業とする老女瀧川の告白を聞き、蜻蛉屋女将お瑛の悪夢の日々が始まった…。なぜ瀧川は掟を破り、触れてはならぬ秘密を話したのか？

旅立ちの鐘　日本橋物語5
森　真沙子［著］

喜びの鐘、哀しみの鐘、そして祈りの鐘。重荷を背負って生きる蜻蛉屋お瑛に春遠き事件の数々…。円熟の筆致で描く出会いと別れの秀作！叙情サスペンス第5弾

子別れ　日本橋物語6
森　真沙子［著］

風薫る初夏、南東風と呼ばれる嵐が江戸を襲う中、二人の女が助けを求めて来た……。勝気な美人女将お瑛が、優しいが故に見舞われる哀切の事件。第6弾！

やらずの雨　日本橋物語7
森　真沙子［著］

出戻りだが病いの義母を抱え商いに奮闘する通称とんぼ屋の女将お瑛。ある日、絹という女が現れ、紙問屋若松屋主人誠蔵の子供の事で相談があると言う。

お日柄もよく　日本橋物語8
森　真沙子［著］

日本橋で店を張る美人女将お瑛に、祝言の朝に消えた花嫁の身代わりになってほしいという依頼が……。多様な推理小説を追究し続ける作家が描く下町の人情

間借り隠居　八丁堀 裏十手1
牧　秀彦［著］

北町の虎と恐れられた同心が、還暦を機に十手を返上。その矢先に家督を譲った息子夫婦が夜逃げ。間借りしながら、老いても衰えぬ剣技と知恵で悪に挑む！

侠盗五人 世直し帖　姫君を盗み出し候
吉田　雄亮［著］

四千石の山師旗本が町奉行、時代遅れの若き剣客、侠客見習いに大盗の五人を巻き込んで一味を結成！世直し、人助けのために悪党から盗み出す！新シリーズ！

木《こ》の葉《は》侍　口入れ屋 人道楽《ひとどうらく》帖
花家圭太郎［著］

腕自慢だが一文なしの行き倒れ武士が、口入れ屋に拾われた。江戸で生きるにゃ金がいる。慣れぬ仕事に精を出すが……。名手が贈る感涙の新シリーズ！

影花侍　口入れ屋 人道楽帖2
花家圭太郎［著］

口入れ屋に拾われた羽州浪人永井新兵衛に、用心棒の仕事が舞い込んだ。町中が震える強盗事件の背後に潜む奸計とは!? 人情話の名手が贈る剣と涙と友情

二見時代小説文庫

初秋の剣 大江戸定年組

風野真知雄［著］

現役を退いても、人は生きていかねばならない。人生の残り火を燃やす元・同心、旗本、町人の旧友三人組が厄介事解決に乗り出す。市井小説の新境地！

菩薩の船 大江戸定年組2

風野真知雄［著］

体はまだつづく。やり残したことはまだまだある。引退してなお意気軒昂な三人の男を次々と怪事件が待ち受ける。時代小説の実力派が放つ第2弾！

起死の矢 大江戸定年組3

風野真知雄［著］

若いつもりの三人組のひとりが、突然の病で体の自由を失った。意気消沈した友の起死回生と江戸の怪事件解決をめざして、仲間たちの奮闘が始まった。

下郎の月 大江戸定年組4

風野真知雄［著］

隠居したものの三人組の毎日は内に外に多事多難。静かな日々は訪れそうもない。人生の余力を振り絞って難事件にたちむかう男たち。好評第4弾！

金狐の首 大江戸定年組5

風野真知雄［著］

隠居三人組に奇妙な相談を持ちかけてきた女は大奥の秘密を抱いて宿下がりしてきたのか。女の家を窺う怪しげな影。不気味な疑惑に三人組は…。待望の第5弾

善鬼の面 大江戸定年組6

風野真知雄［著］

能面を被ったまま町を歩くときも取らないという小間物屋の若旦那。その面は、「善鬼の面」という逸品らしい。奇妙な行動の理由を探りはじめた隠居三人組は…

神奥《しんおう》の山 大江戸定年組7

風野真知雄［著］

隠居した旧友三人組の「よろず相談」には、いまだ解けぬ謎があった。岡っ引きの鮫蔵を刺したのは誰か？その謎に意外な男が浮かんだ。シリーズ第7弾！